光文社文庫

純平、考え直せ

奥田英朗

光 文 社

純平、考え直せ

1

坂本純平《さかもとじゅんぺい》にとって、新宿歌舞伎町《かぶきちょう》は冬の夜の毛布のようなものだった。安眠が約束されるわけではないが、少なくとも追い出されはしないし、剝《は》がされることもない。そこは暖かくて、柔らかくて、吐息のつける場所だった。汚れていても、猥雑《わいざつ》でも、油は油の中にいるのがいい。うっかり水に混じると、文字通り浮いてしまう。やどかり同様、人には身の丈に合ったねぐらがいちばんだ。

「純ちゃん」

歌舞伎町を歩くと、三十メートルごとに声がかかった。大半は夜の女たちで、彼女たちは親しげに近寄り、天気や景気の話などを振り、ときには色香も振りまいた。純平は痩《や》せていて、ハンサムで、気のいいやくざだった。ただし、丸々もてているわけではない。

純平は男相手ならハリネズミでも、女が相手となると勝手がつかめず、途端に矛先《ほこさき》が鈍った。うそ泣きでも簡単にだまされてしまう。ホステスたちはそんな純平の性格をとっくに見通していて、頼みごとをしたり、からかったり、愚痴をこぼして日々のストレスを紛《まぎ》らわせようとした。一度小さな粗相《そそう》をして、兄貴に命じられて坊主刈りになったことがあったが、そのとき女たちは大喜びで、「触らせて、触らせて」と辻を回るたびに地蔵《じぞう》のように撫《な》でられた。要するに、ペット代わりだ。

だいいち純平は、組の盃《さかずき》をもらってまだ二年目の二十一歳で、組の使い走りで、金を持っていなかった。盛り場でもてるのは、堅気《かたぎ》だろうがやくざだろうが、気風《きっぷ》のいい金持ちに限られる。純平がそうなるには、宝くじに当たるか、幹部になるまでの年月が必要だ。

ただ、人から構われて悪い気はしなかった。埼玉の養護施設に育った純平は、これまで人から迎え入れられた経験がほとんどなかった。幼い頃に両親が離婚したので父親の顔は憶えておらず、気まぐれに施設に現れる母は、いつもちがう男と暮らしていて、自分のことで大忙しだった。家庭がない負い目から、学校で、町で、純平は喧嘩に明け暮れた。みんなが色眼鏡で見、教師からは学校に来るなとまで言われた。

翻《ひるがえ》って歌舞伎町は、分け隔てなく人を迎え入れてくれる。目が痛くなる満艦飾《まんかんしょく》のネオンも、路地裏の饐《す》えたような臭《にお》いも、飛び交う怒声や嬌声も、全部純平の五感には「おかえり」と言っているように聞こえた。吸い込む空気もちがった。肺の隅々まで酸素が行き渡る感覚を初めて味わい、これまでの息苦しさに気づいたほどだった。

ここで生きていくのに条件はいらなかった。生まれも、肌の色も、前歴も問われない。この公平さがありがたかった。やっと見つけたホームタウンで、なんとしてものしていこうと純平は思っている。どうせやくざになったのなら、出世しない手はない。当面の目標は、部屋住みを卒業してバッジをもらうことだ。

六明会《ろくめいかい》傘下《さんか》にある早田《はやた》組という組が純平の所属先だ。組員は二十名ほどで、約半分が懲役に行っている。本当なら自分の下にも人はいるのだが、三ヶ月前に暴行傷害で逮捕起訴され、呆気《あつけ》なく獄に落ちた。だから雑用はほとんど自分に回ってくる。掃除はすっかり習慣になった。喫茶店のテーブルに埃《ほこり》を見つけると、つい反射的に肘《ひじ》で拭いてしまい、我に返って舌打ちする。

この日は朝から債権回収の手伝いに駆り出されていた。お供をするのは北島敬介《きたじまけいすけ》という一回り年上の直系の兄貴分で、この世界では、「純平は北島の若い衆」ということになる。実際、純平は北島を慕って組に入っていた。

出会いは、街でチンピラと喧嘩になったとき、仲裁に入ってくれたことだ。粋がっていた三人組が、北島を見るなり直立不動の姿勢をとり、緊張の面持《おもも》ちで喧嘩の言い訳を始めた。北島は笑いながら双方の言い分を聞くと、「これでメシでも食って機嫌直せ」と各人に小遣いを渡した。手が切れそうな万札を受け取り、純平はなんて恰好《かっこう》いい人なのかと一度で憧れた。翌日から、行きつけの喫茶店で待ち伏せては会釈をし、声をかけられるのを待った。北島も懐《なつ》いてくる若者が可愛かったらしく、何かと面倒を見てくれ、部屋住みの行儀見習いになるまで半月とかからなかった。ただしその先には別の話がある。奴隷のような日々に、「こんなはずでは」と一時間おきに思い、後悔と諦《あきら》めとわずかの希望と慰めと、そういった感情がごちゃ混ぜになり、だいいち毎日が忙しくて考える暇もなくなり、やがて「地球上で怖いのは兄貴衆だけ」という刷り込みがなされ、従順で無鉄砲な自我が形成される。若いやくざはみんなそうだった。純平も、今は修業なのだと自分に言い聞かせている。

「おい、純平。空いてる車線を選んで行け。先を越されたらどうする。眠い運転してんじゃねえぞ」

後部座席からシートを蹴飛ばされ、純平はあわてて「はい」と答えた。左右のミラーに目をやり、強引に車線変更をする。中古のベンツ５６０ＳＥＬに割り込まれた車が、ぎょっとして急ブレーキを踏んだ。スモークガラスで、金モールがボディにあしらわれているとなると、どういう人種が乗っているか容易に想像がつくようだ。

「火ィ」北島がたばこをくわえて言った。車内にほかの人間はいない。

純平が上着のポケットからカルティエのライターを取り出し、運転しながら右手を斜めうしろに伸ばし、着火した。北島が前屈《まえかが》みになって火をつけ、再び深々とシートに身を沈める。

「最近、風林会館《ふうりんかいかん》前の路上で携帯ホルダーを売ってる外人グループがいるそうだが、おまえ、知ってるか」

「はい、知ってます。イスラエル人です。松井《まつい》組がケツ持ってるそうです」

「馬鹿野郎。そんなもんフカシだ。松井ンところには早田にミカジメ料を納めてるって言ってるそうだ。あいつらやくざでも平気で騙《だま》すからな。話を聞いたらちゃんと裏を取れ」

「わかりました。ふてえ連中ですね」

丁度信号待ちになったので、純平はボールペンを抜き、忘れないように左手の甲に「ガイジン」と書き込んだ。中東の連中はやくざを恐れず笑顔で握手を求めてくる。うっかり応じてしまうと、「フレンド、フレンド」と馴れ馴れしく擦り寄ってきて、いろいろなことをうやむやにしようとするのだ。

「それから、新宿署の山田《やまだ》が『タンゴ』に来て、なんか欲しいようなことを言ってたから、そこらの洋服屋でネクタイでも買って用意しといてくれ」

「自分が選んでいいんですか」

「馬鹿野郎。山田が欲しがるのは箱の底に入ってる福沢諭吉だ。まったくあの腐れマッポが。さっさと異動しろってんだ」

やくざ絡みのクラブには暴力団担当の刑事がしょっちゅう来た。暗に袖の下を要求し、見返りとして微罪が見逃されるのだ。

「じゃあ、韓国製のグッチでも買っておきます」

「おい、信号」

信号が青に変わった瞬間、シートを蹴飛ばされた。北島はせっかちで待たされることが大嫌いだった。たばこの火が遅いだけですぐに拳骨《げんこつ》が飛んでくる。

アクセルを踏み込むと、マフラーから猛獣のような排気音が上がった。見かけはゴージャスだが中身は十二年落ちの中古車だ。ちょっと整備を怠ると、すぐに機嫌を悪くする。

九月の空はすっかり高かった。高層ビルが初秋の太陽を浴びて、気持ちよさそうに聳《そび》えている。

到着したのは荻窪《おぎくぼ》にある、倒産したばかりの建設会社だった。古びた三階建てのビルで、自宅も兼ねているらしい。玄関前には複数の男たちがたむろしている。遠目にも人相のよくないのがわかった。

「くそったれめ。もうハエがたかっていやがる」

後部座席で北島が舌打ちした。車内から身を乗り出して男たちの様子を眺め、「同業か？」とつぶやく。

「このまま正面で停めますか」純平が聞いた。

「当たり前だ。裏から行ってどうする」北島が自らに気合を入れるように、頰を張った。

「いいか、いくぞ。絶対にイモは引くなよ」

純平は債権回収の説明を一度も受けたことはないが、門前の小僧の要領でだいたいの仕事内容はつかんでいた。会社が二度の不渡り手形を出すと、債権者が貸した金を取り返そうと押しかける。返せる金がないから倒産するわけで、当然、パン一斤《きん》に百人が群がるような事態となる。人はそれを百で割ろうとはしない。先に取った者の勝ちなのだ。

玄関はシャッターが下りていて、倒産通告と思われる書面が貼ってあった。

ベンツを停止させる。すぐさま運転席を降り、兄貴分のためにドアを開けた。北島が肩を揺すって降りる。男たちが何者かと注視した。

「ごめんよ、ごめんよ」

大きな声を張り上げ、北島が前に進んだ。背丈は普通だが、空手の有段者だけあって分厚い胸板が対峙《たいじ》する者をたじろがせる。一年中日焼けサロンで肌を焼いているので、いっそう精悍《せいかん》に映った。北島はナルシストで、自宅には大鏡があった。

「なんじゃい、われは！」

いまどき珍しいパンチパーマの男が、関西弁で声を荒らげた。刺繍《ししゅう》の入った派手なネクタイを揺らして前に立ちはだかる。たちまち五、六人の男たちに取り囲まれた。

「おたくらこそどなたさんですか。人にものを訊《たず》ねるときは、自分から先に名乗るのが礼儀とちがいますか」

北島が余裕の態度で答え、ゆっくりと男に顔を寄せた。純平はすかさず横で身構え、全身を使って気を発した。上着の懐《ふところ》に右手を突っ込む。中には短刀も拳銃もない。ここはハッタリのかまし合いだ。

「なんじゃい。やんのか！」男がいきり立つ。

「おい、下がってろ」北島が手で純平を制した。

「わしらは清和会《せいわかい》の鬼島《きじま》組や。どこの馬の骨か知らんが、あとから来て好き勝手はさせへんぞ！」

男が顔を真っ赤にし、つばきを飛ばして怒鳴った。

「ああそうかい。馬の骨ときたかい。おれらは六明会の早田組だ。看板出し合うってことは、おたくら、腹をくくってのことだろうな」

北島の言葉に一瞬、男が口ごもった。六明会は関東で指折りの侠客《きょうかく》団体だ。早田組は吹けば飛ぶような一家だが、大樹の傘は広い。

「六明会がナンボのもんじゃい！　われ、なめた口利くと、さらって山に埋めたるど！」

男がますます興奮して、啖呵《たんか》を切った。やくざは引いたら終わりなので、内心まずいと思っても、虚勢を張り続ける。バックギアのない車のようなものだ。

「ああ、そうかい。よく言った。じゃあ名刺寄こしな。うちは会社組織だからパソコン上の連絡網ってのがあんだ。そこにてめえの名刺をアップしておいてやる。名前が上がるぞ。田舎のテキ屋には本望だろう。あ？」

北島の啖呵は舞台俳優のように声がよく通り、澱《よど》みがなかった。四谷《よつや》生まれの江戸っ子で、独特の言葉回しをする。純平はこの粋な兄貴に心酔している。

「じゃかましいわい。とっとといね！　こっちは債権者の委任状を持っとるんじゃ。おまえら何を持っとるねん。裏書き付きの手形ぐらいやったら承知せえへんど！」

「何が委任状だ。大方下請け会社の少額債権だろうが、だいたいそっちは何を押さえる気だ。当てはあるのか。どうせ社長の個人資産も抵当に入ってんだ。銀行ががっちり握ってっから、てめえらなんぞに手は出せねえぞ」

「そんなもんガキでも知っとるわい！」

「じゃあどうすんだ」

「おのれの知ったことか。社長をさらって、それから考えるわい。邪魔するなら覚悟せいよ！」

男が吠《ほ》えた。ほかの若い衆は頭数だけの子分らしく、口を開くことはない。鬼島組の面々を眺め回し、北島が「ふん」と鼻で笑った。

「何がおかしい。われ、わしらをナメとんのか」

「あんたらよォ、清和会だろう？　テキ屋はテキ屋らしくしてたらどうだ。債権回収の経験はあんのかよ」

北島が口調を和《やわ》らげた。目尻も下げる。

「やかましい。おのれの知ったことか」

「うちは重機を押さえてんだけどな。ユンボとブルとクレーン車が一台ずつ。あとはトラックが三台」

北島が不敵に笑《え》んで言う。その言葉に男が黙った。

「……どこにある」

「言うわけねえだろう。あんたらマジで素人だな」

男が返答に詰まり、顔をますます赤くした。

「ここで揉《も》めてもしょうがねえ。おれがあんたらの顔も立つようにするから、債権者の委任状、あるのなら見せてはもらえねえか」

「ちゃんと持っとるわい」男が懐を叩く。

「疑ってんじゃねえよ。取引しようって言ってんだ」

もはや完全に北島のペースだった。ポケットからたばこを取り出したので、純平は急いでライターの火を差し出した。

「どういう取引だ」

「条件次第ではうちが買い取ってもいい。あんたら、取りっぱぐれるよりはましだろう」

目を細めて紫煙をくゆらす。北島は気障《きざ》が板についている。

男はしばし思案すると、懐から書類を取り出した。北島がそれを受け取り、目を走らせる。

「未払いが五百万かあ。町の土建屋にこれはきついなあ」

「そやろ。連鎖倒産必至や。わしらかて同情するわ」

「百万でうちが買う。それで手を打たねえか」

「あ？　ヒャクマン？　どっからそういう数字が出てくんねん」

男の声が裏返った。頬がひくひくと痙攣《けいれん》する。

「ただし今払う。文句はねえだろう。いやならいい。うちもボランティアじゃねえしな。じゃあそっちはそっちでやってくれ。ただし、ここの社長はタヌキだし、競争相手も多いから、せいぜい気を引き締めてやるこったな」

北島がほくそ笑んだ。そこへ別の車が現れた。白いセルシオだ。中に乗っているのは見るからに目つきのよくない二人組である。

「ほら来た。債権者代理人が続々登場だ。あんたらドンパチは控え目にな。懲役打たれたら割りに合わねえぞ、こんなチンケな仕事」

「おい、あんた。百はねえやろう。せめて二百で……」男はすっかりトーンダウンしていた。

新たに乗り付けた男たちがセルシオから降りてきた。「おい、おめえらどこの組のもんだ」サングラスをかけた男がドスをきかせて言う。

「六明会早田組。そこで順番待ってな」北島が刺すように言葉を発し、顎《あご》をしゃくる。

「あ、六明会さんですか。じゃああとで話をさせてもらいます」サングラスはあっさりと引き下がり、車に戻っていった。

「ほら。どうする。百万で手を打つか、一か八かの取り立てに賭けるか」

「そやから二百で……」

「そうはいかねえな。こっちもリスクは多大なんだ」

「ちょっと考えさせてくれ」

男がパンチパーマを両手の指で梳《す》き、その場から少し離れた。子分たちはどうしていいかわからず、ただ立ち尽くしている。純平はその中の一人と目が合った。五分刈り頭で眉がなく、顔に迫力はあるが、肌の色艶《いろつや》からしてきっと同年代だ。

純平はたばこをくわえ、「あんた、吸う？」とマルボロを勧めた。この銘柄にしたのは北島の真似だ。

五分刈りが「もらうわ」と言い、箱から一本抜いた。

「おたくら、景気どう？」純平が小声で聞く。

「さっぱりや」五分刈りが苦笑して答えた。

「清和会ってテキ屋？」

「ああ、そうや」

「何売ってるの」

「おれは焼きそばの屋台を任せてもらっとるけどね」

「おれ、去年まで歌舞伎町で磯辺焼きを売ってた」

「うそ。ジブンもテキ屋？」

「ちがう、ちがう。盃もらうまでの修業だって」

「ふうん。ええなあ、歌舞伎町か」

「そっちはどこ」

「おれらは錦糸町《きんしちょう》。でもだいたいは地方回りやな」

「いっぺん遊びに来いよ」

「ほんまか？　やったらケータイの番号教えてくれるか」

若者同士、すぐに打ち解け、データを交換した。

「おれ、信也《しんや》っていうねん」

「おれ、純平」

そこへパンチパーマの男が戻ってきた。どこかへうかがいを立てたのか、携帯電話を手にし、「わかった。百万で手を打つ」苦虫を嚙《か》み潰《つぶ》したような顔をして言った。

「純平。車から金持って来い」

北島に言われ、純平が走った。ダッシュボードから札束で膨《ふく》れ上がったセカンドバッグを引っ張り出し、駆け引きに勝った兄貴分に届ける。

北島から金を受け取るとき、男が「六明会さんは景気がええなあ」とつぶやいた。

「そんなこたァありませんよ。同業者から工面《くめん》した金です。こっちも綱渡りです。それより、清和会さんが債権回収とは珍しいですね」

「本業がきつうてな。慣れんことまでせんならん」

「どこも不景気です。歌舞伎町なんて閉店する店が多くて、うちらのミカジメ料も減ってます」

「お互い大変やな。さっき、きついことゆうてすまんかった」

「いいえ、こちらこそ」

最後は和解する形となり、緊張が解けたせいで、その場にいる全員が白い歯を見せた。純平も張っていた肩が落ち、吐息が漏れた。腋《わき》の下にはびっしょりと汗をかいていた。

男たちは百万円の現金を持って去っていった。

「さあ、次のお客さんだ。セルシオの中で待ってる二人組、呼んできな」

北島の命令で、純平が駆け出す。兄貴はやっぱり器量がいいと感激した。人数で勝《まさ》る同業者を、こちら側に有利な取引で追い払ったのだ。

帰りの車の中で、北島は何件も携帯電話をかけていた。どうやら午前中、倒産した建設会社の前で買い集めた手形や借用書の件らしい。百万単位の数字が口からポンポンと飛び出る。

結局、北島は今日だけで五百万円近い金を使っていた。どこで工面した金かは知らないが、用立てできることだけでも純平には気の遠くなるような才覚だ。

一通り電話をかけ終えると、たばこをくわえた。純平がすかさず運転しながらライターの火を供する。北島は満足げに紫煙をくゆらせた。

機嫌がよさそうなので、純平は聞いてみた。

「兄貴は、あの会社の倒産情報は前からつかんでいたんですか」

「いいや、ここ数日だ。元請が倒産してたから、下請に累《るい》が及ぶのは当然だろう。おまえ、漫画ばっかり読んでねえで、ちゃんと経済新聞も読むようにしておけよ」

「それにしても、短期間で重機のありかまで調べて、それを押さえるなんて、やっぱり兄貴はすげえや」

「馬鹿。まともに受けるな。あんなもんハッタリよ」

うしろで北島がカラカラと笑った。

「え、そうなんですか」純平は驚きで腰が浮いた。

「あの規模の会社なら重機はリースだろう。調べるだけ無駄だ」

「じゃあ買い集めた債権は……」

「いいか、純平。世の中でいちばんいい商売は何だか知ってるか？」

「さあ、なんですか」

「考えろ」

「……ヒモ、ですか」

「馬鹿野郎。てめえの頭ン中は女だけか」

北島が身を乗り出して頭を小突いた。おまけにふざけて首まで絞めようとする。車が左右に振れた。「こらあ、ちゃんと運転しろ」愉快そうに笑っている。本当に機嫌がよさそうだ。

「女から一億二億の金が引っ張り出せるか。ソープに沈めても金額はしれてるだろうが」

「すいません。ちょっと浮かばなくて」

「仲介に決まってんだろう。手数料商売。中を抜くんだよ。右から左に動かしてマージンを稼ぐ。金融、不動産、みんなそうじゃねえか」

「はあ」

「債権は転売だ。いるんだよ、銀行相手でも遣《や》り合う掛取りのプロたちが。おれらには想像もつかない手を使って金を回収するわけだ。えげつねえぞ、奴らは。銀行の法人担当に女をあてがって、スキャンダルをこしらえて、それから出陣なんてことをしやがるしな」

「すごいですね」

「でもな、そういうのは一歩間違えば懲役だ。賢い奴はそんなこたァしねえ。賢い奴は金の流れの上流にいる」北島の口がどんどん滑《なめ》らかになった。「今日、おれは五百万円使って債権を買った。それを一千万円で転売する。さて、坂本純平クン。いくらのアガリだ」

「五百万円ですか」

「おめえ、算数できんじゃねえか。てっきり馬鹿だと思ってたぞ」

またうしろから首を絞められた。

「いや、それくらいは……」

「まあ、さすがにそこまではうまくいかねえよ。掛取りの連中だって足元見てくるだろうし、このへんは駆け引きよ。でもな、六百万で売れても百万のアガリだ。たった半日でだぞ。おめえ、コンビニのバイト、今いくらだ」

「さあ、夜中だと時給千円もらえるって聞いたことはありますが」

「百万稼ぐのに何時間働かなきゃなんねえ」

「ええと……」

純平は頭の中で計算を試みたが、桁《けた》が大き過ぎて脳細胞が右往左往するばかりだった。

「やっぱてめえ、馬鹿じゃねえか」今度は蹴りが飛ぶ。運転席が揺れる。「いいか。時給千円ってことは、一万円稼ぐのに十時間かかるってことだろう。だから、百万円稼ごうと思ったら、十時間の百倍だから……」北島が指を折って数えていた。「千時間か。おい、千時間だぞ」自分でも驚いたらしく、腰を浮かせた。「じゃあ一日八時間働くとして、何日だ」

「いや、おれ、計算は……」

「千を八で割ればいいのか」

「割り算はおれ……」

「まあ、いい。何ヶ月もかかるんだろう。でもな、おれは半日で百万稼げんだ。真面目に働く奴は馬鹿だと思わねえか？」

「思います」

純平は即答でうなずいた。定時制高校に通っていた頃、昼間は倉庫会社で働いていたが、住み込みだったので、あれこれ引かれてもらえる金額は五万円だった。馬鹿らしくて三ヶ月で学校もろとも辞めた。

「おめえ、やくざでのしてけば何だって手に入るぞ。今は使い走りかもしんねえけど、ここを乗り越えれば、自分のシノギを持って、好きなだけ稼げんだ。修業だと思ってもう少し我慢しろ」

「はい、そのつもりです」

純平はハンドルを握りながら、自分はいい兄貴についたと巡り合わせに感謝した。北島のうしろをついていけば、いろんな世界がのぞけるし、シノギの勉強にもなる。

早田組には毎年十人くらいの若者が行儀見習いとして入ってきたが、一年後に残るのは一人か二人だった。大半は躾《しつけ》の厳しさと日々の激務に音《ね》を上げ、盃をもらう前に逃げていく。純平も一度は埼玉へ逃げて帰ったが、地元に居場所などあるわけもなく、そっと歌舞伎町に戻ったところで北島とばったり出くわした。てっきりリンチにでも遭うものと思ったら、北島はにっこり笑い、「何だ、行くところがあんのか。だったら極道になることもねえな」と穏やかに言った。純平は感激のあまり泣いてしまい、部屋住みに戻りたいとその場で土下座した。北島は許しても、組に対してはケジメが必要なので、兄貴衆から木刀でヤキを入れられたが、痛みなどいくらでも耐えられた。純平はこの道を突き進もうと決意した。

ベンツは青梅街道を東へと進んだ。中野坂上を過ぎたあたりから、歌舞伎町の匂いが漂ってくる。大ガードまでが緩《ゆる》やかな下り坂なので、何かの磁力に吸い寄せられ、歓楽の森へ降りていく感覚があった。その街にはあらゆる種類の欲望が沈殿していて、継ぎ足し継ぎ足し使われる鰻屋のタレの瓶《かめ》のように、底を見せることは絶対にない。そんな妖しさも、純平は好きだ。

「おい、純平」北島がぽつりと言った。

「はい。なんでしょう」

「おめえにも一応知らせておくが、もしかしたら、近々出入りがあるかもしれねえぞ」

「出入りですか？」

「ああ。うちの系列に西山《にしやま》組ってのがあるんだが、その西山組の若頭《わかがしら》が赤坂の地上げのトラブルで東雲《しののめ》会系の若い衆に撃たれて殺されちまってな、その示談がなかなかつかねえんだ。仲介役が馬鹿で、足みてえな金額を提示しやがるもんだから、六明会の幹部まで怒り出して御破算よ。で、『誰か向こうの釣り合うタマ獲って来い』って話になってんだ。うちの親分、なぜか今回に限ってイケイケでな。おれらも安閑《あんかん》としてはいられねえぞ」

「いや、そういうことなら、おれ、頑張ります。たまには下の者にも見せ場作らせてください」

純平は北島の話に思わず武者震いした。盃を受けて一年と数ヶ月、抗争の経験はまだない。

「ばーか。おめえはVシネマの観過ぎだ。そうそうドンパチなんぞするもんか。それぞれ口では威勢のいいことを言っても、最後の最後は収めるようになってんだ」

「でも、もし自分が必要なときは遠慮なく言ってください。おれ、組のためならなんでもやります」

「はは。おめえ、案外古風だな。親分が聞いたらよろこんで小遣いくれるぞ」

北島は愉快そうに言うと、後部座席から身を乗り出し、純平の上着の胸ポケットに一万円札をねじ込んだ。

「朝からご苦労だったな。事務所の電話番は明けなんだろう？　夕方までおれはオンナのところにしけ込むから、おめえもサウナかどっかで休んでろ。組に顔出しゃあ兄貴衆にこき使われるだけだしな」

「ありがとうございます！」

この気風のよさが純平の憧れだった。自分もいつか兄貴のようになりたいと強く思った。そのためには街で顔を売ることだ。顔が売れると仕事も舞い込む。

ＪＲが走る高架下の大ガードをくぐると、一気に車と行き交う人の数が増えた。初めて来たときは、祭りの日かと思ったほどだ。歌舞伎町は毎日が祝祭だ。だから退屈することはない。毎日誰かが泣き、叫び、笑い、怒っている。

2

この日は午後四時に電話番の交替があり、純平は明るいうちから自由の身となった。親分はゴルフで、北島は義理掛《ぎりが》けで関西に出張していた。ほかの兄貴衆はいるが、北島の顔を立てて直接用事を言いつけることはない。

「ちょっと出かけてくらあ」

純平は、同じ部屋住みの安藤《あんどう》に言った。安藤は埼玉出身の同い年で、片親で、元暴走族で、少年院上がりで、何から何まで似た境遇の男である。ただし、家出少女にシャブを打つようなあこぎな真似をするので、好きではなかった。昔やった喧嘩の自慢話ばかりするのも気に食わない。

「なんだ純平、女か」安藤が聞く。

「まあな」純平は見栄を張った。恋人と呼べる女は一年以上いない。

「おまえ、うちが東雲会と込み合ってる話、聞いたか」

「ああ、北島の兄貴からちらっとな」

「おらアやるぜ。名前を売るチャンスじゃねえか」

安藤が目を血走らせて言った。純平は、てめえは口先だけじゃねえか、と胸の中でつぶやき、返事をしなかった。こいつにだけは先を越されたくない。

二段ベッドが二つ並んだ奥の間でジャージを脱ぎ、買ったばかりのスーツに袖を通した。鏡の前でヘアスタイルを整え、香水を吹き付けた。パチンコの景品で手に入れたアラミスだ。両手で頬を二回叩き、気を引き締めた。

これから街に繰り出す。歌舞伎町は知った顔ばかりなので、話し相手に困ることはない。目当てもあった。ショーパブで働くダンサーのカオリに会いに行くのだ。ただし恋仲でもなんでもなく、岡惚れしているだけなのだが。

二つ年上のカオリは有名な劇団の練習生だったこともあるダンサーで、背の高いショートヘアの、ボーイッシュな女だった。「白鳥と湖」というショーパブに客として遊びに行き、接客でテーブルについたのがカオリだった。最初はキャバクラ嬢のお色気ショーだろうと思い、店外デートに誘ったり、シモネタを振って困らせたりと、横柄《おうへい》に接していたが、いざショータイムが始まると、あまりに本格的なミュージカルだったので度肝を抜かれた。小さな円形ステージで踊るカオリは、若々しくて、全身がはちきれんばかりで、きらきらと輝いていた。純平は我を忘れて拍手していた。聞けば「白鳥と湖」は歌舞伎町で一番古いショーパブで、四十年の歴史があるという。ダンサーはみなオーディションをくぐり抜けた精鋭揃いで、ただのホステスとはわけがちがった。

感激しやすい純平は一転して尊敬の念を抱き、心から応援したくなった。自分が早田組の人間であることを告げると、カオリは「あ、そうなんですか」と言って、かすかに頬をひきつらせた。水商売の女たちとちがって、やくざには抵抗があるようだ。純平はなんとか誤解を解きたくて、その後店に通おうとしたのだが、北島から店に迷惑がかかるから行くなと釘を刺され、それならと開店前のリハーサルに差し入れをする名目で顔を出すことにした。マネージャーにはちゃんと挨拶を入れている。そもそも自分は嫌われたくないのだ。

いつもの洋菓子屋でシュークリームを箱に詰めてもらい、「白鳥と湖」を目指した。「純ちゃん、どこ行くの」ティッシュ配りのクラブ嬢から声がかかる。

「ちょっと野暮用よ。なんだ、開店前から精が出るな」

「これもノルマなの。不景気だから。ねえ、ちょっとはうちの店にも来てって、北島さんに言っといて」

「おれじゃねえのかよ」

「だって純ちゃん、お金ないじゃない」

「うるせえ。ナメんなよ」

「あら、可愛い、むきになって」

何か言い返したかったが、からかわれるだけなのでやめておいた。一度なめられると小僧にまでなめられるとこの世界では言うが、純平の場合は、歌舞伎町の女たちが鬼門だ。凄《すご》んでも、拳《こぶし》を振り上げても、誰も怖がってくれない。

区役所通りの坂をスキップするように下り、風林会館の四辻を右に回り、「白鳥と湖」に到着した。通用口から入り、事務室にいた中年のマネージャーに菓子折りを手渡した。

「これ差し入れ。みんなで食べて」

「ああ、ありがとう。そろそろ来る頃じゃないかって、みんなで噂してたところ」

パソコン画面の帳簿に向かいながら、マネージャーが言った。

「そうなの？」

「甘い物が食いたくなる頃、いい具合に来るわけよ。純平君は」

「なんでえ。おれは出前持ちかよ」

「飲み物、何でも飲んでいいよ」

「あんがとよ。コーラ、もらうわ」

純平は厨房《ちゅうぼう》へ行き、勝手に冷蔵庫を開けてコーラを取り出した。栓を開け、ラッパ飲みしながら店内に入る。そこでは開店前のショーのリハーサルをしていた。初めて聴く音楽なので、きっと新しい演目だ。邪魔にならないよう客席の隅に陣取り、稽古を眺めた。もちろん真っ先に視線が向かうのはカオリだ。

総勢十二名のダンサーは、女が半分、ニューハーフが半分という陣容だった。このニューハーフというのが、一人を除いて、一目では見分けられないほど女っぽくて、彼らのプロ意識には脱帽するしかなかった。半分がオカマだと知ったときは、カオリもそっちかと疑ったほどだった。ちなみに除外された一人というのが、キャサリンと名乗る身長百九十センチの大オカマで、一座のピエロ的存在だった。プロレスラー並みの巨体を揺らしてダイナミックに踊るので、やたらと絵になる。キャサリンにはファンがたくさんついていた。

カオリはこの日も恰好よかった。スポットライトを浴びた肉体は、立体的で、セクシーで、無駄な部分など一切なかった。彼女のタップダンスはまるで地球を転がしているようで、天賦《てんぷ》の才とはこういうものかと、ただうっとりと見とれるしかなかった。この実力で、有名劇団では練習生止まりだったというから、ミュージカルのピラミッドは高い。カオリは外で勉強してもう一度チャレンジすると言っていた。もし彼女が主役でステージに立つときが来たら、純平は楽屋を花でいっぱいにしてやろうと思っている。その日までには、自分も出世していなければならない。

昔のやくざは、役者や芸人を可愛がり、護《まも》ってやったという。純平はそんな世界に憧れていた。粋な俠客と呼ばれたい。人から頼られたい。

カオリは純平のほうを一切見なかった。真剣なリハーサルなので当然なのだが、視界の端には映っているはずだ。ちょっとは意識してくれよと思ったが、今は我慢することにした。向こうはまだ純平と純平の住む世界を理解していない。

リハーサルが終わると、ダンサーたちはその場で腰を下ろし、タオルで吹き出る汗を拭いていた。全員息を弾ませ、顔は紅潮していた。これだけ激しい運動を、毎晩二ステージ行うのだから、同じ若者として少々気後れする。

キャサリンが人懐っこい顔で近寄ってきた。

「あら、純ちゃん。今日はお休み?」

「おれらに休みなんてねえよ。兄貴が出張中だから、ちょっとだけ羽を伸ばそうと思ってよ」

後方でカオリが楽屋へと消えていくのが見えた。なんだよ、「こんにちは」くらい言ってくれよと純平は悲しくなった。

「ねえ。じゃあ今夜は暇なの?」

「暇ってことはねえけど、まあ急ぎの用事はねえわな」

「丁度いい。実はさ、ちょっと相談したいことがあるのよ」

キャサリンが半円ソファの隣に腰掛けた。きつい香水が鼻をつき、純平は思わず体を引いた。

「何よ。逃げないの」腕をつかまれ、子犬を抱くように軽々と引き寄せられた。キャサリンの汗がべっとりと服につく。「あのね、うちのダンサーでヒロミちゃんているでしょう。ほら、腕にチェリーのタトゥーを入れてる子」

「ああ、わかった。で、男か？　女か？」

「中間」

「あ、そう」

「この子、最近引っ越したんだけど、前の大家が性質《たち》の悪い人間で、敷金を返してくれないどころか、ユニットバスを汚したから交換が必要で、その費用二十万円を負担しろって言ってきてんのよ」

「なんだ、そりゃあ。ひでえ話だな」

「そうよ。ぼったくりよ。でもって仲介の不動産屋に抗議をしたら、やくざっぽい男が出てきて、実家に取り立てに押しかけるぞって脅すらしいの。ヒロミちゃん、もう困っちゃって」

「なんだか聞いてるだけで頭に来るぜ」

オカマでショーダンサーとなれば、普通の不動産屋はまず門前払いをする。歌舞伎町には水商売専門の業者がいて、概《おおむ》ね良心的な商売をしているが、中には悪い奴らもいる。純平にしても、今は部屋住みだが、マンションを借りるとなったら、誰か他人の手を借りなければならないだろう。だから他人事《ひとごと》ではいられない。

「敷金を取り返してくれるとうれしいんだけど」

キャサリンが純平の腕を自分の胸に押し付けた。振りほどきたいが、びくともしない。

「よし。おれが掛け合ってきてやる」

純平が胸を張って言った。話自体に腹が立ったこともあるが、それよりも人から頼られたことがうれしかった。いよいよ自分の出番が来た。

「本当は北島さんに話を通すのが筋かもしれないけど」とキャサリン。

「馬鹿言え。兄貴は忙しいんだ。こういう小せえ話には構ってられねえよ、これからはおれに直接言ってくれ」

純平はむきになって言った。自分だって盃をもらった一丁前の組員なのだ。

「向こうが大勢いたらどうするの？」

「どってことねえよ。こっちだって看板背負ってんだ。代紋《だいもん》ちらつかせたら、反対にぎゃふんと言わせてやる」

「へえー。結構頼もしいんだ」

「だからおれをナメんじゃねえよ。おれはな、歌舞伎町に来る前は、埼玉中の暴走族をシメてたんだよ」

埼玉中は大袈裟《おおげさ》だが、東松山で純平を知らない不良はいなかった。

「ねえ、ほんとに頼んでいいの」

「あたぼうよ」

「うれしい。じゃあ、ヒロミを呼んでくるわね」

キャサリンが顔を上気させ、大きな口で純平の頬にキスをした。立ち上がり、楽屋へと駆けて行く。突然のことに抗議することもできなかった。ボーイが近くにいたので「おしぼり持って来い」と怒鳴り散らすのが精一杯だ。

一分と経《た》たず、キャサリンがヒロミを連れてやってきた。オカマの中では一番小柄で女っぽくて、言われなければ誰もが女だと思うだろう。

「純平さん、お願いできるんですか」ヒロミが恐る恐る言う。

「おう。その不動産屋は許せねえ。おれがきっちりオトシマエをつけてやる」

「あんまり物騒《ぶっそう》なことされると、それも困るんだけど」

「しねえよ。乗り込んで話をつけるだけだ」

「それと、お礼は少ししかできないけど」

「いらねえよ。なんであんたらから金を取れるんだよ。見損なわねえでくれ。おれは曲がったことが嫌《きれ》えなんだよ」

勢いで恰好をつけた。心の中では、今の台詞《せりふ》がカオリに伝わらないかと願っている。

「ステキ。純ちゃん、ステキ。じゃあ、これが契約書と敷金の領収書のコピー」

キャサリンが茶封筒を差し出した。

「何だ。手回しがいいじゃねえか」

「誰か頼める人が来るのをずっと待ってたの」

また抱きつかれそうになったので、純平はあわてて手で防いだ。

契約書を見ると、同じ歌舞伎町内の不動産屋だった。あこぎな商売をするくらいだから、どこかの組がケツを持っているのだろう。

「大丈夫?」キャサリンが上目遣いに聞いた。

「当たり前だろう。おれを誰だと思ってんだ」

純平は語気強く言い、自分に気合を入れた。極道にとってこれは〝見せ場〟だ。自分の評判が決まるのだ。メンツにかけて金を取り戻してこなくてはならない。

「じゃあ、ちょっくら済ませてくるか」

余裕を見せてゆっくりと立ち上がった。シャツの襟を直す。

「これから行くの？」キャサリンが見上げて聞いた。

「いちいち時間かけてられっかよ」

首を左右に曲げ、指の骨を鳴らした。この姿をカオリに見せたかった。彼女は楽屋にこもったままだ。

肩を揺らして店を出た。早くも全身を熱い血が駆け巡った。

目的の不動産屋は、風俗店だらけのエリアの古びた雑居ビルの二階にあった。階段の入り口に立て看板があり、《水商売、外国人ＯＫ》の手書き文字が躍っている。

「ふん。やくざは入れてもらえねえのか」

純平は声に出して茶々を入れた。

さて、乗り込むか。鬼が出るか、蛇が出るか。怖くないといえばうそになるが、それと対抗する形で男を上げたいという思いも強い。不良時代の喧嘩もそうだった。痛い思いもしたが、戦った快感のほうが大きかった。

階段を上がり、ガラスの扉から中をのぞくと、まったく普通の店舗だった。女子事務員がいて、ネクタイ姿の男たちが二、三人、カウンターの向こうで働いている。水商売風の客がいて、物件選びをしていた。

扉を押して中に入る。「いらっしゃいませ」と元気のいい声が飛んだ。

事務所の内部を右から左へと眺め回し、手近なパイプ椅子に腰を下ろした。みるからにやくざの純平に従業員たちの顔色が変わる。

「どういった物件をお探しでしょうか」

三十くらいの、おまえが水商売だろうと言いたくなる人相風体《ふうてい》の男が、応対のため席に着いた。口元にぎこちない笑みを浮かべている。

「おめえ、責任者か」背もたれに体を預け、低い声で言った。

「いいえ。そうではありませんが。どういったご用件でしょうか」

「おれは石坂《いしざか》ヒロシっていうオカマの名代《みょうだい》だ。ほら、『白鳥と湖』のダンサーのヒロミってオカマのことだ。おめえら、マンションを解約しても敷金を返さねえどころか、修繕費まで要求しているそうじゃねえか。そりゃあちょっとあこぎなんじゃねえのか」

「おたくさん、お名前は？」

男が小声で聞いた。純平を怖がる様子はまるでなかった。

「おれは坂本ってモンだ」

「どちらの坂本さんで」

「何だ、聞きてえか」

「一応、お聞きしておいたほうが……」

「今は言わねえ。おめえらの出方次第だ」

男は顔を強張《こわば》らせると、席を立ち、磨《す》りガラス衝立《ついたて》の奥にいる上司に話をしに行った。中から太った中年が顔だけのぞかせ、純平を胡散臭《うさんくさ》げな目で見た。二人でひそひそ話をしたのち、どこかに電話をかける。そして男がまた戻ってきた。

「そちらの応接セットで少しお待ちください。話をうかがう者が今来ますので」

「ふん。ケツ持ちのお出ましか。面白え。よう、そこのネエチャン。あんた、ここで契約するとひでえ目に遭うぞ。解約するとき、敷金が返ってこねえどころか、インチキな修繕費まで請求されるぞ。せいぜい気をつけるこったな。それとも今からおれを用心棒に雇うか？」

純平は外に聞こえるほどの大声を響かせた。北島からは、喧嘩を売るときは、とにかく大声を出せと教えられた。

客の女は怯《おび》えた表情でバッグをつかむと、小走りに入り口まで行き、ヒールの音を鳴らして階段を下りて行った。従業員の顔つきが一変する。

「やい。冷てえ飲み物ぐらい持って来たらどうだ」

応接セットの粗末なソファに腰を下ろし、足をテーブルの上に投げ出した。男の指示で女子事務員が店から避難していく。

「馬鹿野郎。びびってんじゃねえぞ。お茶汲《く》みがいなくなるじゃねえか。あはは」

いくらでも吠えられた。この段階になると、脳の中に何か濃いものが染み渡り、自分が自分でなくなる感覚があった。拳銃はともかく、短刀ぐらいなら向かっていくだろう。無茶をしたくなるのだ。

ほどなくして階段を複数の人間が駆け上がる足音がして、バックのやくざたちが現れた。三人いた。揃ってジャージ姿だから、事務所番でもしていたのだろう。一目見てたいしたことのない連中だとわかった。北島のような恰好よさがどこにもない。

「こいつか」一人が従業員に聞き、純平を顎でしゃくった。

「何だこいつ。ガキじゃねえか。どこのチンピラだ」別の一人が拍子抜けした調子で言った。

「おう！　チンピラとはご挨拶じゃねえか。チンケな不動産屋のケツ持ち風情《ふぜい》が、生意気なこと言ってやがるとただじゃおかねえぞ。だいたいアパートやマンションを借りにくいのはお互い様だろう。それを、か弱いオカマを苛《いじ》めるような真似に加担しやがって。てめえら恥かしくねえのか！」

「口が達者だな、坊や。いまどき珍しい野郎だな。その啖呵、どこで覚えたんだ。あ？」

うしろからヤギのような薄い髭《ひげ》を生やした男が一歩前に出た。この中ではリーダー格らしい。

「やかましい。さっさと敷金、耳を揃えて返しやがれ！」

純平は立ち上がり、テーブルを蹴飛ばした。アルミ製の灰皿が飛んで、けたたましい音が響き渡った。

「狭い場所で吠えるな。耳に障《さわ》るじゃねえか。坊や、どこの若い衆だ」

「坊やとは何だ。おっさん、まずは口の利き方改めろ。若造だと思ってナメやがると大怪我するぞ」

「いいから言ってみろよ。おれらは関東稲村《いなむら》会の礒江《いそえ》組だ。貴様はどこだ。山本《やまもと》組か、六明会か。だいたい歌舞伎町の人間なのか。場合によっちゃあ勘弁してやるぞ」

「笑わすな。誰が勘弁してくれって言った」

「おまえ、ひょっとして早田組の北島のところの若い衆じゃねえのか」

ヤギ髭の男がそう言い、純平は言葉に詰まった。もしかして、自分は歌舞伎町の裏世界ですでに知られた存在なのだろうかと、胸がかすかにふくらんだ。

「図星だろう。どっかで聞いたことあんだよ、その啖呵。おまえ、兄貴の真似してんだろう」

ちがった。そういう話か。純平は顔が赤くなった。

「う、うるせえ。兄貴が誰かなんて関係あるか。自分、修業中の身の者、控える身分なんてものはねえんだよ！」

「ほら、その台詞。いかにも北島が言いそうじゃねえか。正直に言ってみ。北島の若い衆だろう」

純平はますます動揺し、啖呵が出なくなった。

「そういうことなら話は別なんだ。だから組の名前を明かせ。それとも本当にチンピラか？」

「じゃあ言うよ。控えやがれ。おれは、北島敬介の舎弟《しゃてい》で坂本純平ってもんだ」

「やっぱりそうじゃねえか。じゃあ、もうひとつ正直に言いな。これは北島が描いた絵か。おまえが乗り込んで喧嘩売って、礒江組に返り討ちにあって病院に送られて、そのあとで北島が出てくる、そういう絵か」

「馬鹿野郎、兄貴がこんなチンケな敷金トラブルに首を突っ込むか。てめえ、おれはナメても、兄貴だけはナメんじゃねえぞ！」

「だから敷金云々《うんぬん》は方便で、北島が狙ってるのは、このトラブルを糸口にしてうちがやってるゴールデン街の地上げに一枚嚙ませろとか、そっちの話なんじゃねえのか」

「知るか。おめえンところの地上げなんか。下衆《げす》があれこれ勘ぐるんじゃねえ。おれはオカマのキャサリンに頼まれて、ヒロミってダンサーの敷金を取り返しに来ただけなんだよ。さあ、返すのか、返さねえのか」

純平は苛立《いらだ》って声を張り上げた。北島は尊敬する兄貴だが、自分がまるでその付属品であるかのように扱われるのは我慢がならない。

「テツさん、こいつ、ただの馬鹿ですよ」坊主頭の男が言った。

「そうですよ。こんなガキ、やっちゃいましょう」もう一人も同調する。

「おう、やってみろ。でもな、やるなら殺せよ。おれは蛇みてえにしつこいからな。生きてる限り、やられっ放しじゃおかねえからな」

「とりあえず外へ連れ出せ」髭の男が指示した。

「事務所へ引っ張りますか」

「馬鹿言え。こんなチンピラに組の看板使えるか。適当な場所で、おまえらだけで可愛がってやれ。おれは帰る」

髭の男がうんざりした顔で洟《はな》をすすり、踵《きびす》を返した。

「おい。待て、この野郎！」

純平がいきり立つも、髭の男は振り返りもしないで店を出て行った。残された二人の男が、険しい表情で前に出る。

「やんのか、こら！」

純平がつばきを飛ばす。

「うるせえガキだ。ちょっと顔を貸せ」

両側から挟まれた。やせっぽちの純平は易々《やすやす》と腕を取られ、逆手で背中に回された。

「痛えじゃねえか、この野郎」

不動産屋の男がカウンターの奥でほくそ笑んでいた。

「やい、てめえ。笑いやがったな。絶対に逃がさねえぞ。また来るから覚悟しやがれ」

店から出され、階段に差し掛かった。背中で男たちが目配せしたのが気配でわかった。

次の瞬間、腕が解き放たれ、前に突き飛ばされた。体がバランスを失い、宙に舞う。階段の下の路地の、風俗のネオン看板が目に映った。最初の衝撃は右膝だった。連続して肘、肩、背中と衝撃が走っていく。純平は階段を転げ落ちながら、買ったばかりのスーツが、と我が身の不運を呪った。

下まで落ちるのに三秒とかからなかった。咄嗟《とっさ》に頭は庇《かば》ったが、全身の激痛と眩暈《めまい》で立ち上がれない。

「おう、悪い、悪い。手が滑っちまった。大丈夫か。わはは」

上から男たちの声がした。ゆっくりと下りてきて、再び腕を取られた。

啖呵を切りたくても声が出なかった。薄暗い路地に連れ込まれる。

「おい、ガキ。調子こいてんじゃねえぞ」

ボディに一発喰らった。胃の中の物が一気に出てきた。

「歌舞伎町は恐いところだぞ。坊や、田舎に帰ったほうがいいんじゃねえのか」

うずくまったところ、顔面を蹴飛ばされた。

鼻血が、水道の蛇口を捻《ひね》ったような勢いで流れ出て、純平は戦意を喪失した。

「おい、顔はやめとけ。靴が汚れるぞ」

「あはは。おめえ、ラッキーだな」

二人が笑っている。

純平は大の字になった。「さあ、殺しやがれ。さもねえと仕返しに行くぞ」むせ返りながら啖呵を切った。もはや習性のようなものだ。

「口の減らねえガキだ」

腹を思い切り踏みつけられ、苦しくて丸くなった。

あとはやられっ放しだった。とくに痛みは感じない。リンチの経験は中学時代からあったし、対処の仕方もわかっている。抵抗しなければいいのだ。

リンチは五分ほど続いた。腹と背中を重点的に痛めつけられた。日の当たらない路地のコンクリートには苔《こけ》が生えていて、気色悪く顔に触った。

スーツは血に染まり台無しになった。ワイシャツは黒色なので遠目には目立たないが、このまま事務所に戻るわけにはいかない。

純平は花園《はなぞの》神社の水屋で顔を洗い、上着をゴミ籠《かご》に捨て、夜風を浴びながら歩き、靖国通り沿いのドン・キホーテに行った。外国人土産用の「一番」とプリントされたTシャツを、それしかまともな図柄がなかったので買い、店員が怯《おび》えた目で見ていたが、一向に意に介さず、その場でワイシャツを脱いで着替えた。

続いてその足でマツモトキヨシに行き、消毒液と打ち身用の貼り薬を買い求め、再び花園神社に戻って自分で手当てした。

純平は本殿の床に寝転がった。視線の先には星空が広がっていた。さてと、どうやって仕返しをするか。このまま泣き寝入る選択は百パーセントない。泣き寝入ったが最後、自分は一生なめられ続ける。仕返しは二十四時間以内にしなければならない。それは北島の教えだ。そうしないと「白鳥と湖」に顔を出せない。カオリも見られない。敷金を取り返して届けないと恰好がつかないのだ。

それにしても屈辱だった。自分はまったくのガキ扱いだった。それは、年齢の若さ以上に、名前を売るような事件を何ひとつ起こしていないからにほかならない。喧嘩なら腐るほどしてきたが、懲役はない。人を刺したこともない。

とりあえず礒江組の三人を刺すことに決めた。方法はともかく、実行あるのみだ。

腕時計を見た。いつの間にか時は経ち、午後九時になろうとしていた。そろそろ事務所に戻らなくてはならない。電話番が待っている。

立ち上がり、事務所に足を向けた。擦れ違う通行人が純平を見て、あわてて視線をそらせた。よほどひどい顔をしているのだろう。赤や青のネオンを浴びた自分はきっとゾンビだ。

事務所にはゴルフから戻った親分がいた。この時間まで残っているのは珍しかった。奥の机で兄貴衆に囲まれている。

親分の早田義則《よしのり》は、五十歳のハゲで太っちょで糖尿病の気《け》があった。ここ数年の関心事は自身の健康で、毎朝のウォーキングと青汁を欠かさない。夜は酒も飲まず、街にも出ず、さっさと下落合の自宅に帰るという日課を送っている。

純平はあわてて直立不動の姿勢をとった。

「おう、純平。どうした、その顔は」若頭が言った。

「いえ、何でもありません」純平が答える。

「何でもねえわけがねえだろう。喧嘩か」

「そうですが、報告するほどのものではありません」

若頭が三秒黙る。「ふん。で、勝ってきたのか」

「はい。勝ってきました」うそを言った。そう言う以外にない。

「まあ、いい。坂本は若いんだ。街に出りゃあいろいろあるだろう」親分が割って入る。

しばし目の前の若造を眺めたあと、「そこに座れ」と純平に命じた。

こんなことを言われたのは初めてだったので、純平は驚いた。親分からすれば純平は末端も末端で、普段は相手にもしない。粗相をしても、兄貴の北島を叱るくらいだ。

「おめえ、いくつだ」

「二十一です」

「そうか。まだ二十一か。で、懲役はあったっけか」

「いいえ、ありません」

「ふうん」親分がのど飴を取り出し、一粒口に放り込んだ。ひとつ咳払《せきばら》いする。「北島が帰って来てから言うつもりだったが、丁度いい、おまえ、いっぺん男になってみねえか」

蝉《せみ》のようなしわがれ声で言った。どういうことか急には理解できず、純平は黙っていた。

「組のために一肌脱ぐ気はねえかって聞いてんだ」

「あの……」

「うちで東雲会のタマをひとつ獲ることになった。それをおめえ、やってはもらえねえか」

「やります」即答した。「やらさせてもらいます！」声を大きくして言い直した。

親分が、見る見る表情を緩めた。周りの兄貴衆も顔をほころばせている。

「おお、そうか。坂本、やってくれるか」

「自分がお役に立てるのであれば何でもやります」

純平は答えながら全身が熱くなった。これで男になれる。本物のやくざになれる。

視界の端では、電話番の安藤が青い顔で立ち尽くしていた。親分は、安藤ではなく自分を指名した。それは少なくとも、自分のほうが認められている証拠だ。

体中を血が駆け巡り、リンチに遭った痛みが吹き飛んでいた。

窓の外では歌舞伎町のネオンが瞬《またた》いている。

3

スカジャンの内ポケットには茶封筒に入った三十万円の現金が、カンガルーの子供のように頭を少しだけ出して収まっていた。親分から直接手渡された金は、使うのがもったいないほどの新札で、インクの匂いさえする。純平は、朝起きると、まだ兄貴衆が顔を見せない組事務所を出た。

支度をしているとき、二段ベッドの上で寝ていた安藤から、「なんで純平なんだよ」と恨みごとを言われた。

「しょうがねえだろう。親分がおれを指名したんだから」

「おめえ、拳銃撃ったことあんのか。おれはあるぜ。暴走族時代、イラン人グループと喧嘩になったときによお……」

「わかったよ。それより掃除と電話番、頼むぜ。当分、おまえ一人だ」

のみだ。

純平は優越感を覚えた。口先だけの人間は、なんと憐《あわ》れなことか。やくざは、行動あるのみだ。

しばらく歩いて、歌舞伎町内にあるカプセルホテルにチェックインした。サウナが併設された、衛生的なホテルだ。

「三日間、娑婆《しゃば》を味わって来い」というのが、親分からもらった言葉だった。今日が金曜だから、週末をまるまる好きに使えることになる。部屋住みに入ってからは初めての経験だった。土日はたいてい運転手として呼び出されるか、組事務所の掃除だ。せっかくの自由時間をどうやって過ごそうかと考え、ひとまずねぐらを確保することにしたのだ。兄貴衆から逃れたいという理由もあるが、なにより一人でいる時間が欲しかった。恐怖や迷いといった感情はなかった。ただ胸の中を支配しているのは、真夏の太陽のような熱気だけだ。

決行は月曜日の早朝。ターゲットは東雲会系松坂《まつざか》組幹部、矢沢博久《やざわひろひさ》。純平が「鉄砲玉」として与えられた任務だ。

「こいつを殺《や》って来い」と、代貸《だいがし》から静かに言われ、写真を手渡された。ゴルフ場で撮られた集合写真を拡大したものだった。どこかのコンペの記念写真だろう。少しピンボケの、人相の悪い中年男の顔を見ながら、純平は武者震いをせずにはいられなかった。いよいよこの日が来た。待っていたわけではないが、心構えはできていた。

一泊分の料金四千五百円を前払いし、窓のない鳥小屋のような一室を確保した。まずは備え付けの小型金庫を確認し、親分からもらった三十万円を入れた。北島なら常時持ち歩く金額だが、純平には大金だ。もしもなくしたら、恰好がつかない。

薄っぺらのマットレスに横になる。寝返りを打ち、備え付けの鏡で顔を見たら、昨日暴行を受けた頬と口元が紫色に変色していた。ただ痛みはもう和らいでいた。それより背中と脇腹のほうが痛い。ボディを重点的にやられたせいだ。

やることがいろいろある。まずは拳銃を手に入れること。次にゆうべの仕返しをすること。ヒロミの敷金を取り返すこと。ターゲットを確認しに行くこと……。

左手の甲にボールペンで項目を書いた。そうしないと忘れてしまうからだ。

テレビをつけたら、ワイドショーのコーナーで料理を作っていた。

そうだ、食い物だ。任務を果たし、警察に出頭したら、当分旨い物は食えない。絶対に肉だ。この機会に分厚いステーキを一度食べてみたい。

手の甲に「ステーキ」と書き加えた。想像しただけで喉が鳴った。

目を閉じたら睡魔が襲ってきた。ゆうべは急な話に興奮して満足に眠れなかった。少し仮眠を取ろうと思った。時間はたっぷりあり、しかも自由に使える。電話にたたき起こされることもない。兄貴衆の気まぐれに振り回されることもない。それを思うと、神経の一本一本がほどけ、全身がマットレスに吸い込まれるように力が抜けた。

こんな眠りは久し振りだった。夢も見ないだろうなという確信があった。

目が覚めたら午後三時だった。寝返りすら打たなかったのか、背中がすっかり痺《しび》れていた。純平はベッドから降りると、別のフロアにある大浴場に向かい、そこでジャグジーバスに浸《つ》かった。平日の昼間だが、歌舞伎町らしく、夜の仕事に従事する男たちで賑《にぎ》わっている。顔見知りの易者が純平を見つけ、うれしそうな表情で隣にやって来た。

「やあ、早田組の若いの。その顔はどうした」

「うるせえよ。オッサンにゃあ関係ねえだろう」

純平は手で追い払う仕草をする。この易者は、誰にでも「ひとつみてやろう」と言ってはおせっかいを焼きたがるのだ。

「おぬし、乾為天《けんいてん》の卦《け》が出ておるのう」

「馴れ馴れしい。話しかけるんじゃねえよ」

「若いの、おぬしの運勢はな――」易者がにじり寄る。

「おい。近寄るなって」

「そう邪険にするな。乾為天とは、易経六十四卦の中で、前向きに一生懸命頑張るときというものじゃ」

易者が勝手にしゃべり始める。純平は相手になりたくないので、浴槽の中で向きを変えた。

「乾為天のとき、大いに通じる。貞正《ていせい》であればよし。天と天が二つ重なった全陽の卦じゃからな、天高く大宇の元気が満ち満ちておる。こういうときは、万事前向きに高い目標を持って人生を開拓することじゃ」

浴槽に全身を沈めた。ジャグジーの水泡が視界を白くする。顔の傷が沁《し》みたが、五秒我慢したら痛みが消えた。

顔を上げる。まだしゃべっていた。

「……陽の勢いのままに昇り過ぎたり、やり過ぎないようにすることじゃ。驕《おご》らず、人の意見を聞いて――」

「やいオッサン」純平が言った。

「オッサンとは何だ。先生と呼べ」

「ふん。誰が呼ぶか。で、おれの運勢はいいのか悪いのか。どっちだ」

「だから言ったじゃろう。今が頑張りどころだと」

「そうなのか？」

つい聞き返してしまった。偶然でもそう言われれば、頑張ろうという気になる。

「ただし、人の意見を聞き、慎重さも忘れないことだ。おぬしのような若者はとかく——」

「坊主の出か、てめえは。おれに説教するんじゃやねえ」

「ほうら。そういう威勢のよさが命取りにならんように気をつけることが肝心じゃ。ほっほっほ」

易者が、話し相手ができたことがうれしいのか、顔をしわくちゃにしている。純平は腹が立ってジャグジーバスを出た。歌舞伎町の住人は、若いやくざを少しも怖がってくれない。それが癪《しやく》に障る。

風呂から出ると、鏡の前で髪を乾かし、ジェルでオールバックに整えた。いまどき珍しい髪型だが、これも北島の真似だ。ローションを胸に塗り、相撲取りのように叩いた。目の縁《ふち》の痣《あざ》を隠すためにサングラスをかけた。眉を寄せ、鏡をにらむ。準備はできた。この先は自分の器量次第だ。

カプセルホテルのあるビルを出て、歌舞伎町を北へと進んだ。そのまま職安通りを渡り、大久保の路地に入る。行き先は台湾料理店だ。代貸からそこで拳銃を買えと命じられた。

九月になったせいか、路地裏を吹き抜ける風が涼しくなった。どこかの庭で鈴虫が鳴いている。辻ごとに立つ南米の娼婦たちも、少しは肌を隠すようになった。

「オニイサン、遊ンデイッテヨ」

明らかに自分より体重がありそうな女から声がかかる。

「忙しいんだよ、おれは」

「アラ、カワイイ。帰リニ寄ッテ」

女に腕を引っ張られ、肩が抜けそうになった。

「おい、やめろ。痛えだろう。このアマ、おれを誰だと思ってやがる」

「誰？　教エテ」

やくざ慣れした娼婦が、純平に絡んできた。頭に来たので、手を振り上げると、女学生のようにキャアキャア騒ぎながら、逃げるでもなくスペイン語でまくしたててくる。純平は無視して先を急いだ。

目的の食堂は古びた民家の一階にあった。二階の窓には洗濯物が並んでいる。従業員でも住まわせているのだろう。大方、不法滞在のチャイニーズ共だ。この界隈では正規滞在者を探すほうがむずかしい。

準備中の札がかかった扉を開け、薄暗い店内に向かって声を発した。

「ごめんよ。誰かいるか」

奥の厨房から、中華包丁を持った屈強な白衣の男が姿を現す。寝起きのような仏頂面で純平を見据えた。

「あんた、ここの主《あるじ》かい？　おれは早田組のモンだけどよ」

男はその言葉を聞くと、無言のまま奥に引っ込み、一枚のメモ用紙を持ってきた。目を落とすと、そこには携帯の電話番号が記されていた。

「ここに電話しろってことか？」

聞いたときには、男はもう厨房に引っ込んでいた。

仕方なく、その番号にかけてみる。数回のコールののち、日本語のイントネーションの怪しい男が出た。純平が名乗ると、近くの公園で待てと言う。さすがに拳銃の取引ともなると、手順も面倒そうだ。

指定された公園に行った。路地を挟んだすぐ隣は小学校で、授業を終えた子供たちが園内を走り回っていた。遊ぶのに忙しく、純平には関心も向けない。

イチョウの木にもたれ、たばこを二本吹かしたところで、子豚を思わせる丸っこい五十がらみの中年が革の鞄を提げて現れた。

「おたく、新顔だね。誰の若い衆アルヨ」

「おれは北島の舎弟で坂本ってえんだ。よろしくたのまあ」

胸をそらし、顎を引くだけの挨拶をした。

「ふん。態度だけは兄貴そっくりね」

男が苦笑いしていた。

「無駄話はいいからブツをくれ。急いでんだ」

「わかったアルヨ。電話だと、模造銃でいいって話だったね」

「いや、それは知らねえ話だが」

「いくら持ってる？」

「二十万だ。兄貴衆からは一挺二十万だって聞いた」

実際そう言われ、組からは小遣いを足した三十万円を支給された。

「二十だったら模造銃。正規銃はその倍するよ」

「なんでもいいけど、ちゃんと弾は出んだろうな」

「心配しなくていいアルヨ。弾は出る。値段のちがいは照準精度」

「ふうん。そうかい」

わからなかったが、知ったかぶりでうなずいた。

「五メートル離れて撃つと、五十センチぐらい左右どっちかにそれるね」

「おい、待て。そんなにか」

「あんた、射撃の経験はあるのかね」

「……ねえけどよ」

「何をするのかは聞かないけど、どうせ至近距離から撃つんでしょ。三発も撃てば絶対に当たるアルヨ」

男は物騒なことを平気で言い、目の前のベンチに腰を下ろし、鞄を開いた。顎をしゃくるので純平も腰掛ける。鞄の中をのぞくと、油紙に包まれた回転式の模造品があった。グリップ部分に黒いテープが巻いてあるだけの代物《しろもの》だ。

男が鞄から取り出し、純平に包みごと手渡す。鉄の塊だけあってずしりと重かった。振ると、弾の装塡《そうてん》部分がカシャカシャと鳴った。撃鉄《げきてつ》もぐらぐらしている。

「もうちっといいのはねえのかよ」純平は不安に駆られて言った。

「気に入らないアルカ。しょうがないねえ」

男は肩をすくめると、鞄の奥から別の拳銃を出してきた。こっちも模造銃らしいが、一目で出来がいいのがわかった。男が悪戯《いたずら》っぽく微笑《ほほえ》む。

「おやじ、担《かつ》ぎやがったな」

「北島の舎弟だというから信用するね。この先、警察に捕まっても入手ルートをばらさないこと」

「わかってるって。組の信用問題だしな」

「ところで、お兄さん、歳はいくつ？」

「……二十一だけど」

年齢を聞かれるのは好きではない。若造と軽く見られるからだ。

男がしばし純平を眺めた。「そう。二十一アルカ」何か言いたそうな顔でかすかな鼻息を漏らした。

「なんだよ」

「自分を大事にするアルヨ」

「何だよ、てめえは親か。そんなことわかってるよ」

そういえば、男は純平の親の年代だ。

「わかっていればいい」

男は別に紙箱を取り出し、「七発アルネ」とベンチに置いた。その数が適切なものなのか、純平には判断がつかないが、黙ってうなずき、封筒を差し出した。

「二十万入ってる。確かめてくれ」

「消費税込みで二十一万円だけどね」

返答に詰まる。焦って自分の財布を出そうとしたら、「冗談アルヨ」と男が相好をくずした。

「くそオヤジ。人をおちょくるんじゃねえ」

男は紙幣を丁寧に数えると、ゆっくりと立ち上がり、純平に向き直った。

「気が変わったら、またさっきの店に来るといいアルヨ」

「どういうことだ」

「ピストル、買い戻してあげる」

「ふざけんな。誰が行くか」

「気が変わったらでいい」

男が踵《きびす》を返し、去っていく。純平は手に入れた拳銃を紙に包んだままジーンズのうしろに突っ込んだ。弾はスカジャンのポケットに入れた。

公園を出て、大股で路地を進んだ。するべきことがひとつ済んだ。手の甲のメモを見る。次は……。

たむろする南米の娼婦たちの数が増えていた。「アラ、サッキノ坊ヤ。マタ来テクレタノネー」両手を広げ、キスをせがむポーズで駆けてきた。

自分は今、拳銃を持っている。道草を食っている余裕はない。

純平はブロック塀に張り付いて避け、走って突破した。

拳銃を買ったその足で、昨日の不動産屋に行った。少しでも先送りすると決心が鈍り、あれこれ言い訳を考えてしまいそうになる。北島が言ったとおり、仕返しは二十四時間以内が鉄則なのだ。「明日行く」と言って行った奴はいない。

ビルの前に到着し、立ち止まることなく階段を駆け上がった。ガラス扉から中をのぞく。客はいない。気障ったらしい従業員が昨日同様、カウンターの向こうでデスクワークをしていた。女子事務員もいる。

扉を肩で押して中に入った。従業員が純平を見てぎょっとした。

「また来るって言ったろう。昨日の続きだ。まだ終わってねえぞ。さあ、ヒロミの敷金、返してもらおうか。二ヶ月分で十八万円だ」

純平が大声を発した。衝立の奥から中年の上司が顔をのぞかせ、あわてて電話を手にした。

「おっと、待ちな。儀江組を呼ぶのはもう少しあとにしてもらおうか。まずはおれの用事だ」

純平はカウンターの上に飛び乗った。腰のうしろから拳銃を抜く。足を踏ん張り両手で構えた。

真っ先に女子事務員が悲鳴を上げた。席を立ち、狭い店内を逃げ惑っている。男たちは腰を抜かしてその場にへたり込んだ。

「ま、待て！　撃たないでくれ！」声が裏返っていた。

「敷金さえ返せば撃たねえよ。言っておくが、おれは強盗じゃねえんだ。十八万だ。それだけ返してくれりゃあおとなしく帰る。どうだ、払いたくなっただろう」

始めてしまえば、自分でも意外なほど冷静だった。気持ちに上ずりはない。啖呵もすんなり出た。

「黙ってちゃわかんねえぞ。ほら、そっちのオッサン。あんたがここの責任者だろう。なんとか言え」

「わ、わかった。払う」中年が蒼白の面持ちで言った。

「払います、だろう！」

「払います。払います」

中年が指示し、従業員が小型金庫を開けた。亀のように首を縮めたまま紙幣を数え、十八万円を裸でカウンターに置いた。

「封筒に入れるくらいのことをしろよ。それから領収書だ。ちゃんと受け取りを書いてやる。何度も言うが強盗じゃねえんだ。敷金を取り返しに来ただけなんだ」

カウンターを降り、椅子に腰掛けた。拳銃を右手で構えながら、左手でポケットからたばこを取り出した。一本抜き出し、口にくわえ、ライターで火をつけようとしたら、急に指が震えだし、床に落としてしまった。

拾い上げ、もう一度火をつけようとする。手に力が入らなかった。純平は舌打ちして、たばこをあきらめた。

「おら、早くしろ！」動揺を悟られまいとわめき散らした。カウンターに差し出された領収書に署名する。震えないよう力を込めて書いたので、判読が困難な文字になってしまった。

純平は金の入った封筒を受け取り、立ち上がって尻ポケットに押し込んだ。もう一度拳銃を構える。怯えきった相手の顔を今一度眺めた。

「さてと、これでわかったろう。おれは絶対にイモは引かねえ男なんだ。この先、おかしな真似をしやがると何度でも職場訪問することになるからな。そこんとこ憶えとけ。それから礒江組の昨日の奴らに伝言だ。うしろに気をつけろってな。やられた分は必ずやり返す。それも近いうちだ」

不動産事務所を出る。階段を駆け下りた。そろそろ夕刻を迎え、毒々しい風俗店のネオンが瞬く通りを早足で歩いた。右手に拳銃を握っていることに気づき、あわてて腰のうしろに突っ込んだ。周囲を見回す。通行人の視線はない。

喉がからからに渇いていた。目についた自販機でポカリスエットを買い、ペットボトルを一気に飲み干した。

さて、これからどうなるか。儀江組は見逃してはくれないだろう。こちらの身分は知られている。組同士の喧嘩になる可能性は低いが、メンツをつぶされて昨日の男たちが黙っているはずはない。それに、こっちだって仕返しをしないと気が済まない。

喉の渇きが満たされないので、もう一本、今度はコーラを買った。炭酸がシワシワと口の中で弾《はじ》ける。路上でやっと一息ついた。

純平は、とりあえずこの金を届けることにした。「白鳥と湖」に行けば、カオリにも会える。興奮が解けないのか、知らず知らずのうちに大股になっていた。汗が止まらない。

午後五時で、すでに歌舞伎町は夜だった。ネオンが自然の薄暮を消し去ってしまうせいだ。

自転車に乗ったパトロール中の警官二名が向こうからやってきた。顔を背《そむ》けるとかえって怪しまれると思い、胸を張って歩いた。

何事もなく擦れ違う。背中一面を汗がだらだらと流れ落ちた。

一旦、カプセルホテルに戻り、拳銃を金庫にしまった。鏡で髪を直しながら、警察から職務質問されなかった幸運を神に感謝した。思い出すだけで急所がきゅんと縮む。またコーラを一本飲んだ。

しばらく気持ちを鎮《しず》めたあと、「白鳥と湖」に行くと、ステージではダンサーたちがリハーサルに汗を流していた。店内に響き渡る音楽に合わせて飛び跳ねている。ときどき音楽が止まり、演出家の注意が飛ぶ。いつもにこやかなダンサーたちが、みな真剣な顔で聞き入っていた。純平はボックス席に座り、彼らの練習風景を眺めた。

今日のカオリはバラードに合わせてソロ演技を練習した。長い手脚をすべて使ったダンスに、純平は見惚《みと》れるしかなかった。

リハーサルが終わると、キャサリンがタオルを頭に巻いてやって来た。純平を見るなり、目を丸くする。

「どうしたの？　その顔」

「なんでもねえよ。それよりヒロミの敷金、取り返してきてやったぜ」

純平はたばこを吹かしながら、封筒をテーブルに放った。

「ちょっと、それより純ちゃんの怪我。あなた、ちゃんと手当てしたの？」

キャサリンは隣に座ると、身を乗り出し、純平のサングラスをはずした。

「大丈夫だって。昨日の傷さ。消毒したさ」

強引にサングラスを取り返す。毎度のことだが香水がきつく、思わず呼吸を止めた。

「不動産屋のバックについてる暴力団と揉めたの？」

「そんなこと気にするなって。とにかくおれは無事だし、金は取り返してきた。それでいいだろう」

キャサリンが封筒を手に取り、中身を見る。「ちょっと待って」と楽屋に駆けていった。

純平はそのうしろ姿を見ながら、カオリにこの一件が伝わりますようにと祈った。

しばらくしてヒロミが腰を低くして出てきた。「純平さん、ありがとう」照れた表情でぺこりと頭を下げる。

「やっぱり、純平さんは若くても凄いなあって、楽屋でみんな感心してた」

「いやあ、それほどでもねえさ」

純平はそのひとことで慰められた。きっとカオリにも伝わった。

マネージャーも姿を見せ、「なんか、面倒かけたみたいだね」と感謝の言葉を投げかけてくれた。

「お礼、したいんだけど」とヒロミ。

「いらねえよ。気ィ遣わねえでくれ。こう見えても北島の舎弟だ。出入りさせてもらってる店でなんかありゃあ、黙って見てるわけにはいかねえさ」

純平はそう言いながら、今の瞬間に満足していた。感謝されるのは、くすぐったいけれど気持ちがいい。

キャサリンが救急箱を持ってやって来た。隣にどっかと大きなお尻を降ろす。

「なんだよ、何すんだよ」

「じっとしてなさい。絆創膏、貼ってあげるから。痣をさらしてたら二枚目が台無しよ」

強引に手当てを始めた。いつの間にかほかのダンサーも集まってきて、笑顔で純平を取り巻いた。その輪のいちばんうしろにカオリがいた。一瞬くすりと笑い、幕の奥へと消えた。

純平は、胸の中にぽっと灯がともるようなしあわせを感じた。

キンキンに冷えたビールを飲みたくなった。

4

夕食は一人で焼肉を食べた。本当は分厚い霜降りのステーキを食べたかったが、鉄板焼きの高級店を知らず、そもそも一人で入る勇気もなく、仕方なく北島の行きつけの焼肉屋に行ったのだ。

「やあ、純平君。北島さんはあとから来るの？」

ビールを飲んでいると、若い支配人が聞いてきた。

「兄貴は義理掛けで大阪。今日はおれ一人なんだ」

「ふうん。珍しいね。ま、たくさん食べていってよ」

「うん。あんがとよ」

懐が温かいので、思い切ってユッケと特上カルビを注文した。もちろん生ビールもだ。

金曜の夜だけあって、大半のテーブルが客で埋まっていた。会社帰りのサラリーマンや、アジア系外国人のグループや、出勤前に腹ごしらえをする水商売の人間たちだ。奥の個室ではホストたちが決起集会のようなものを開いていた。

先にユッケが届いたので、箸で卵黄をかき混ぜ、口に運んだ。いつもは北島が残したものを少しもらうだけなので、一度にたくさん口に入れるのは初めてだ。

口の中を切っているので少し沁みたが、おいしいのに変わりはなかった。赤い生肉を眺めながら、急に鮪《まぐろ》を思い出し、ああそうだ、この三日間のうちに寿司も食べなければと、手の甲に「スシ」とボールペンで書き記した。

続いてカルビを焼いた。卓の正面に北島がいないので、首輪が外された飼い犬のように気が楽だった。自分の好きな加減で焼いて、全部自分で食べられる。

ジュッと焦げる音がして、いい匂いが鼻先に漂う。焼き色のついたカルビをタレにつけて頬張ると、全身が舌になったみたいに恥骨まで痺れた。

肉だけ食べるのはもったいないので白い御飯を頼んだ。「大盛りにする?」と聞かれ、「ああ、そうして」とうなずいた。

しばらく無心に食べていると、隣のテーブルに若い女の二人連れがやって来た。金色に染めた髪を高く盛り上げ、睫《まつげ》が虫のように長い、見るからにキャバクラ嬢然とした女たちだ。若い純平が気になるのか、焼肉を食べながら、しきりに視線を送ってきた。

「あんたら、どこの店だい」

純平も若い女が嫌いなわけはなく、頃合《ころあい》を見計らって声をかけた。ビールを飲んで気持ちよくなったこともある。

「えーっ。うちらキャバ嬢じゃないもん」一人が心外そうに答えた。ただし、目は笑っている。

「じゃあ、もっと裸一貫の仕事か」

純平が言うと、女たちは手を叩いてけらけらと笑った。

「ねえ、うちら、何してるように見える」

「さあね。看護婦には見えねえけど」

「でも、オミズじゃないんだよ。一応、会社勤めだから」

「ふうん、そうかい。ずいぶんさばけた会社なんだな」

「派遣の事務だもん。インチキな通販会社だし。効きもしないダイエット食品売ってるの。だからどんな恰好してたって関係ないもん。それに、昼間はこんなメイクしてないし」

「そっちは何してるの？」

別の一人が聞いた。胸が大きいので思わず視線が吸い寄せられてしまった。

「おれか？　おれはヤーサンよ」

「うそ。マジで？」

「ああ。早田組ってところの組員だ」

「えー、そんなのやだァ」

女が抗議するように言った。

「やだって、そんなこと言われても……」

純平は返事に詰まった。女たちは警戒心がまったくない様子だ。

「なんとかなんないの？」

「おめえら、初対面の極道を、よくそうやっておちょくれるな」

「この席に座ったときから、あ、ラッキー、隣にタイプの男の子って盛り上がってたのに」

「そうそう。金曜の夜だもん。いいことないと、つまんない」

「勝手なこと言うな」

「ねえ、ヤーサンって、女の子をシャブ浸けにして売っちゃうとか、そういうことしちゃうわけ」

「しねえよ。だいいち、おれは下《した》っ端《ぱ》で自分のシノギも持ってねえんだよ」

「歳いくつ？」

「二十一だよ」

同い年とわかると、女たちはさらに馴れ馴れしくなり、自己紹介をした。理沙《りさ》と加奈《かな》。胸の大きいほうが加奈だ。千葉の西船橋《にしふなばし》から、週末になると歌舞伎町にやって来て、オールナイトで遊ぶのが習慣らしい。

「あ、うちらと一緒」

「おれは純平ってえんだ」

「惜しいなあ、かっこいいのに」と加奈が髪をいじりながら言う。

「何が惜しいんだよ」

「わたし、ヤーサンの女はやだ」

「そうそう、わたしも」理沙が厚ぼったい唇をすぼめてうなずく。

「馬鹿野郎。てめえら、二人まとめて手籠《てご》めにするぞ」

「きゃはは。時代劇みたい。純平君、面白い」

女たちは遊び慣れているようで、純平をまるで怖がらなかった。きっと男と世の中をなめているのだ。

「純平君、これからどうするの?」加奈が聞いてきた。

「ひとつだけ野暮用があるけど」

「どんな用よ」

「たいしたことじゃねえ」

「じゃあ、それが済んだら踊りに行かない？　この近くに『フライデー』っていうクラブがあんだけど。結構いい感じ」

「クラブ？　おれ、踊れねえよ」

クラブは行ったことがなかった。部屋住みにそんな自由はない。

「うっそー。どうして」

「踊ったことがねえんだよ」

純平が答えると、女たちは「信じられない」を連発し、「踊ろう」「踊ろう」と腕をつかんで揺すった。

「おまえら、毎週こんなことしてんのか。危ない目に遭ったことはねえのかよ」

「あるよ」

「うん、ある。外人にワゴン車で拉致《らち》られそうになった」

「そうそう。あんときは怖かったね」

純平は女たちの話を聞いていて、組で下働きをする若手やくざのほうがまだ真面目だと思った。素人ほど無茶な遊び方をする。

いくつかの押し問答の末、クラブの地図を渡され、あとから行くことを約束させられた。

不承不承というポーズをとりながら、純平の中で浮き立つものがあった。自由な時間のカウントダウンは始まっている。どうせならクラブというのも体験しておきたい。

焼肉屋を出て、二人と別れた。

頬を叩いて酔いを醒ます。これからは仕事だ。ささいなミスも許されない。

純平はスカジャンのファスナーを上げ、一歩を踏み出す。キャバクラの呼び込みの声が、通りの左右で響いていた。

区役所通りを北に向かって進み、途中で右に折れ、ラブホテル街に入った。歌舞伎町の中では、ここだけが静かに闇が降り注ぎ、ホテルの看板の明かりが、名札のように頭上高く並んでいる。まだ午後九時前で、カップルの姿はまばらだ。

代貸からもらった地図を頼りに歩くも、目指す建物が見つからなかった。知らない人が見たら、あみだくじかと思うような代物だ。十分ほど迷った挙句、その地図が北と南を逆に描いていることが判明した。やっとのことで探し当てる。

細長いペンシルビルだった。一階はコインランドリーだ。看板を見上げると、二階が中国式整体で、三階が日本語教室で、四階が中国人向けのレンタルビデオ店と出ている。このビルの五階に松坂組が開いている違法カジノがあると教えられた。純平が狙撃する相手は、そのカジノを仕切っている矢沢という三十八歳の幹部だ。見せられた写真はピンボケだったが、「現物を見ればわかる」と兄貴衆は笑っていた。一目瞭然のカツラを被《かぶ》っているのだそうだ。

純平はスカジャンを脱ぎ、腰に巻いた。サングラスを外し、オールバックに撫で付けた髪をかき混ぜ、ぼさぼさにした。ガラス扉を押してビルに入り、エレベーターに乗った。五階のボタンを押すと心臓が高鳴った。やけにゆっくりと上昇し、五階で停まった。扉が開く。狭い踊り場で若い男がビールケースを運んでいた。目が合う。

「なんだ、てめえは」

純平が若いので、端《はな》から威圧的だった。

純平は咄嗟《とっさ》に中国人のふりをした。「お店、まだやてませんか？」インチキなイントネーションで言葉を発する。

「あ？　てめえらの国のドラマが見てえのなら四階だぞ。ここは五階だ」

男がビールケースを抱えたまま、顔をしかめて凄んだ。

「すいません。まちかえました」

ドアが開いていたので、一瞬、中をのぞいた。薄暗くてわからなかったが、豪華なカーペットだけは確認できた。教えられた情報では、毎週金土日、夜から朝方まで、ここで闇のカジノが開帳される。

「ほら、さっさと行け」

顎をしゃくられ、再びエレベーターに乗った。四階で下りると、そこは中国の海賊版ビデオを貸し出す店だった。ガラス戸から中をのぞくと、やる気のない店員が眠そうにカウンターでテレビを見ていた。

非常階段を使って、もう一度五階に向かった。途中で立ち止まり、息を殺して聞き耳を立てる。

「おい、掃除は済んだのか」

「あとはトイレだけです」

「そろそろ兄貴が来るぞ。さっさと済ませろ」

舎弟と思われる男たちの声が聞こえた。兄貴というのは、きっと矢沢のことだ。純平はそっと階段を引き返し、そのまま一階まで下りた。

ビルの外に出て、今度は一階のコインランドリーに入った。ガラス張りの店内から通りを望み、なんて都合がいいのかと気持ちがはやった。ここなら待ち伏せても怪しまれない。

大型の洗濯機と乾燥機が並ぶ店内には、若い男の利用客が隅のベンチに一人いた。蛍光灯の明かりを浴び、青白い顔で漫画週刊誌を読んでいる。

純平は入り口近くのベンチに腰を下ろし、矢沢が現れるのを待った。たばこに火をつけ、ゆっくりと吸い込む。今になって焼肉のげっぷが出た。明日は何を食べようかと、食べ物に想像が向かった。寿司は昼にしよう。となると夜はステーキだ。携帯電話で検索すれば、きっと歌舞伎町で高級店が見つかるはずだ。

ほどなくして、ビルからさっきの若い男が下りてきた。出迎えにちがいない。純平は目立たないよう、立ち上がり、洗濯機の蓋を開けて中に洗濯物を詰めているふりをした。横目で外の様子をうかがう。そこへ一台のリンカーンが現れた。シャンパンゴールドのいやでも目立つアメ車だ。運転手が左座席から素早く飛び出し、ドアを開けた。男が一人、貫禄たっぷりに降りてくる。

純平は瞼《まぶた》に焼き付けようと凝視した。絶対にこの男が矢沢だ。黒々とした髪の生え際が、あまりに不自然だったからだ。舎弟は見て見ぬふりをするのが大変だろうな、とどうでもいいことを思った。

もう大丈夫だ。こいつが矢沢なら間違えようがない。自分としても、人違いだけはごめんだ。

「兄貴、ご苦労様です」迎えの声が聞こえた。

「おう」カツラを載せた矢沢が、肩を怒らせ、がに股でビルに入っていった。

腕時計を見る。午後九時半だった。十時くらいから何時くらいまで開帳するのだろうか。

「あのう」耳元に息がかかった。驚いて振り返ると、隅にいたはずの若い男がすぐうしろに来ていた。体が触れんばかりの距離だ。

「こんばんは。ぼく、ゴロー。君は？」薄気味悪く微笑んでいた。

「あ？　なんだてめえは」純平は凄みながらも一歩下がった。

「何してるのかと思ってさ」

「関係ねえだろう。あっちへ行け」

手で追い払う。男の中性的な物腰を見てぴんときた。こいつはホモだ。自分を仲間だと思ったらしい。

にらみつけると、勘違いを悟ったのか、肩をすくめて踵を返した。

「ああ、ちょっと待て。ここのランドリーは二十四時間営業か」純平が聞いた。「そうだけど」男が振り返る。小顔で、目が大きくて、すべすべの肌をしていた。キャサリンが見たらよだれを垂らしそうだ。

「あんがとよ。それを知りたかっただけだ」

純平はスカジャンに袖を通し、サングラスをかけた。とりあえず、ターゲットを確認した。首尾は上々だ。

ゴローというオカマが純平をじっと見ていた。子供のような無垢な視線だった。

「おい。ひとつ聞いていいか」純平が声をかけた。

「うん、いいよ」

「おまえさん、ここでウリをしてんのか」

ゴローは淋しそうな笑みを浮かべるだけで返事をしなかった。

「変な野郎だな」

純平はひとつくしゃみをすると、再び夜の街に出た。クラブとやらに行くことにした。ダンスを刑務所に入る前に経験しておくのも、悪くない。だいいち女が待っている。

区役所通りを南下し、風林会館を右に折れ、西武新宿駅の方角へと進んだ。いつもの巡回コースだ。呼び込みの黒人が次々と拳を向けてきた。顔見知りなので、拳で応えてやる。

「純ちゃん」店の前で客引きをしているホステスから声がかかった。

振り向くと、なぜか青い顔をしていた。「ちょっと、ちょっと」ホステスが手招きする。

純平は仕方がなく立ち止まった。

ホステスは純平の腕を取ると、そのまま店の軒下まで引っ張っていった。

「なんだよ。おれは忙しいんだよ」

「あんた、何かした？　その顔の痣、喧嘩？」

「どうかしたのかよ」

「儀江組の人たちが純ちゃんのこと探し回ってる」

その言葉に純平は身を硬くした。当然の成り行きだから、驚きはない。

「さっき、わたし、ヤーサンの二人組に聞かれたの。早田組の坂本って若いのを見なかったかって」

「ふうん。それで？」

「見てないって答えたけど。ねえ、何かやばいことしたの？」

「たいしたことじゃねえよ」

「北島さんは？」

「用事で大阪」

「いつ帰るのよ」

ホステスは心から心配している様子だった。

「兄貴は関係ねえだろう。儀江組がなんだってんだ。おれが返り討ちにしてやるよ」

「ねえ。北島さんが帰ってくるまで、表を歩かないほうがいいんじゃないの」

「ふざけんな。おれもあいつらには用があんだよ。上等だ。丁度いいじゃねえか」

純平はホステスの腕を振りほどくと、わざと道の真ん中を歩いた。どうせ向こうも下っ端だ。組同士の喧嘩にはできない。となれば出たとこ勝負だ。

不安はなかった。それより名前が売れることのほうがうれしい。早田組の坂本を見なかったか。この間もそう宣伝して歩いてくれているのだ。

クラブ「フライデー」は、ミラノ座の裏手の地下にあった。下り階段の前には用心棒らしき男が立っている。外見のせいでボディチェックを受けた。

「おれのピストルに触らないでくれよ」

純平が冗談で言うと、用心棒は仏頂面で「チケットなら下」と顎をしゃくった。

スキップするように階段を下り、五千円で入場券を買った。黒服が重そうな扉を開ける。津波のような重低音が正面から襲いかかり、純平は思わず息を呑《の》んだ。まったくなんて音圧だ。一瞬にして鼓膜が麻痺《まひ》した。

色とりどりのライトが舞う中で、数百人の男女が踊っていた。みんな純平と同年代だ。こんな世界があるのかと、世間の広さに感心した。

純平はずっと不良だったが、若者らしい遊びとはとんと縁がなかった。地元にいたときはひたすら喧嘩で、新宿に来てからは丁稚《でっち》と変わりない部屋住みだ。女のつまみ食いはしても、ちゃんとしたデートをしたことはない。ディズニーランドにも、お台場にも、行ったことがない。歌舞伎町は隅々まで知っているつもりだったが、北島の教えで、堅気が遊ぶテリトリーは避けてきた。

ダンスの輪に入っていった。床が揺れている。その振動に身を任せていたら、自然と体が動いた。見よう見まねで踊ってみる。

目の前の知らない女が視線を送ってきた。声をかけてと目が言っている。そのうしろの女も純平を見ていた。もっとわかりやすい色目だった。しかもOL風だ。

おれは水商売以外の女にもてるのか？　戸惑いつつも自意識がふくらんだ。

真っ先にカオリと来てみたいと思った。カオリなら周囲の目を釘付けにするだろう。なんといってもプロのダンサーだ。

うしろからいきなり抱きつかれた。振り向くと、焼肉屋で一緒だった加奈だ。大きな胸を背中に押し付けてきた。

「やっほー。純平君、来てくれたんだ」耳元で大声を出した。

「ああ、約束だしな」

「純平君、かっこいい。目立ってる。踊れるんじゃん」

「体揺すってるだけだって」

「全然オーケー。もっと真ん中で踊ろ」

加奈はすっかりハイになった様子で、純平を引っ張っていった。

フロアの中央で、ラッシュアワー並みの混雑の中、加奈と向かい合って体を揺らす。ダンダンダン。繰り返されるリズムに合わせて踊るのはことのほか気持ちがよかった。いままで味わったことのない快感が全身を突き抜ける。純平は自然と笑みがこぼれた。

青春という言葉があることを思い出した。

5

四回目以降のセックスは単なる運動の様相を呈してきた。一回目は二人とも興奮していて前戯もなく動物的に求め合い、二回目は失地回復するがごとく丁寧に施《ほどこ》し合い、三回目になってやっと互いに反応を楽しむ余裕が生まれ、満足のゆくセックスができた。それ以降は、純平の性器がまだ勃《た》つからやっているに過ぎない。相手の加奈は加奈で、平日に溜まったストレスをこの週末ですべて発散させようとしているのか、簡単にやめようとはしなかった。終わってもすぐに手足を絡め、体の密着を解こうとしない。純平も人肌が愛しかった。柔肌と産毛の心地よさ、内側から発せられる体温とが、純平のすべてを受け入れてくれ、死んでもいいとはこういう瞬間を言うのだろうと、生きている実感を噛み締めていた。

枕元の二個のコンドームと、室内自販機で買った半ダースのそれが半分なくなったとき、二人は初めて一息つき、ベッドで天井を見上げた。

「おまえら、毎週こんなことしてんのか」

たばこに火をつけ、純平が言葉を発する。加奈は少し間を置いてから、「うん」と答え、自分を嘲笑《あざわら》うかのように小さく鼻を鳴らした。

「だってさ、毎日死ぬほど退屈なんだもん。伝票整理とお使いばっかり。子供でも出来る仕事。だから馬鹿みたいに給料安くて、好きな服も買えない。将来性はないし、そもそもインチキ通販だし……」加奈が深々とため息をついた。「でもさ、男なら誰でもいいってわけじゃないのよ。先週なんかは、理沙はナンパされてさっさとホテル街に消えたけど、わたしは始発で帰ったもん。DJのアシスタントにしつこくナンパされたけど、好みじゃないのとエッチはできないよ」

もう一人の理沙という女は、クラブで別の男と仲良くなり、いつの間にかいなくなっていた。きっとこのエリアのラブホテルで、一戦交えているのだろう。ちょっとしたサイコロの転がり加減で、もしかしたら自分と寝ていたかもしれない。

「それから、お金くれてエッチに持ち込もうとするおじさんもいるけど、そっちもお断り。一応、こんなんでもプライドはあるしね。若いうちだけだよ、こうやって遊べるの。結婚して子供できたら、家に縛られちゃうし。そういうの、わたしはちゃんとするつもりだから、今は許してって感じ」

加奈が寝返りを打ち、純平に腕枕をせがんだ。たばこを消して求めに応じる。

「純平君、刺青《いれずみ》入ってないね」

「うちの組はあんまりいねえな、紋々《もんもん》背負ってる人は。おれも入れようと思ったことはあるけど、兄貴がやめとけって。その理由がおかしいんだよ。おめえ、刺青入れるとスポーツジムの会員になれねえぞって」

「あはは。それおかしい」加奈が手を叩いてよろこんだ。

「うちの兄貴、空手やってるし、体鍛えンのが趣味なんだよ」

「ふうん……。ねえ、純平君。ほんとにヤーサンなの？」

「ああ、そうだよ。フカシだとでも思ってんのかよ」

「そうじゃなくて。ヤーサンじゃなかったらいいのにと思ったの。普通の人だったら、かっこいいし、彼女になりたい。ねえ純平君、彼女いるの？」

「いねえよ。部屋住みに女作れるような自由があるか」答えながら、カオリの顔が浮かぶ。

「じゃあさ、ヤーサンの彼女になる勇気はないけど、ときどきでいいから会いたい」

「そりゃあ無理だ。おれはもうすぐ娑婆から消えンだよ」

「どういうこと？」

「ちょっと事情があってな」

純平は女の頭を腕枕から外し、体を起こした。時計を見る。午前三時半だった。そろそろカジノの見張りを始めなくてはならない。

「どういう事情よ」

加奈が背中を爪でなぞって言った。振り返り顔を見る。美人というほどではないが、愛嬌のある造作だった。この女は、地元の男と普通に結婚して、平凡な主婦になるのだろう。

純平は人生の不思議さを思った。何時間か前に出会った同い年の女。行きずりの関係で、ケツの穴まで見せ合うようなことをしておいて、この先もう会うことはない。

ふと告白してみたくなった。

「おれはな、週が明けたらたぶん警察の留置場だ」

「留置場？　うそ。どうしてよ。何かしたの？」

「これからするんだ。対立する組の幹部を弾《はじ》かなきゃなんねえんだ」

「弾くって?」

「殺すんだ」

言ってしまった。言ったところで実害はない。

加奈が顔色を変えた。突然のことに驚いたらしく言葉を失っている。

「映画やなんかでよくあるだろう。おれは鉄砲玉だ。拳銃も手に入れた。今はそれまで与えられた娑婆での最後の時間だ」

「純平君、わたしのこと、からかってない」

加奈は半信半疑の様子だ。

「いいよ。信じねえのなら。来週になりゃあわかる。新聞、気イつけて見てな」

純平がベッドから降りる。Tシャツを頭から被った。

「ねえ、帰るの? こんな時間に。やだ、わたし一人でホテル出るの」

「ちょっと野暮用だ。ここで待ってな。夜が明けるまでには戻ってくる」

「どこへ行くの? わたしも一緒に行く」

「そりゃあだめだ。この先はおれの仕事だ。しくじると大変なことになる」

加奈が悲しそうな顔をした。

「ねえ、やめようよ純平。人なんか殺すもんじゃないよ」

名前が呼び捨てになった。子供が愚図《ぐず》るような声を出す。

「これから行くのは下見だけだ。何にも起きねえから、安心して待ってな」

「そういうの、わたしやだなあ」

「おめえがやだって言っても、始まっちまったんだ」

スカジャンを羽織り、櫛《くし》で髪を撫で付けた。

加奈は困惑したまま押し黙っていた。

ブーツを履いて部屋を出た。どこかの部屋のカラオケの音が、しんとした廊下に、遠くから聞こえる祭囃子《まつりばやし》のように低く響いていた。

首をすぼめ、大股で歩いた。

同じラブホテル街の、数時間前に確認したペンシルビルに行くと、一階のコインランドリーの照明が、通りのアスファルトまで薄ら寒く照らしていた。通行人はほとんどいない。盛りのついた男と女はとっくに暖かい場所で毛布にくるまっていて、この時間に出歩いているのは、あぶれた売春婦か野良猫ぐらいのものだ。

早足でコインランドリー正面まで行き、通りから中をのぞいた。いちばん奥で若い男が漫画を読んでいる。またあいつか――。純平は心の中でひとりごちた。

引き戸を開け、中に入る。ゴローが振り返った。無言で純平を見ていた。

「今日はあぶれたのかよ」純平が皮肉めかして言った。

ゴローが首を振る。「さっきまでお客さんと一緒にいたけど」か細い声で答えた。

「じゃあ、おまえさんは仕事熱心なんだな」

パイプ椅子に腰を下ろし、たばこを取り出した。火をつけて深く吸い込んだ。ゴローが人恋しそうな目を向けてくる。

「もしかして、住むところがねえのか」

純平が聞くと、ゴローは少し間を置いてこくりとうなずいた。

「どっから出てきたんだ」

「北海道だけど」

「ずいぶん遠いところから来たんだな。その割には訛《なま》りが出ねえじゃねえか」

「もう東京へ来て三年目だし」

「おめえ、歳はいくつだ」

「二十一歳だけど」

ふん、こいつも同い年かと、純平はどうでもいい偶然に鼻を鳴らした。

「どこで寝てんだ」

「カプセルホテルとか、サウナとか……」

「そっちのほうが客を引けるんじゃねえのか。おまえさんたちのハッテンバが、歌舞伎町にはいくつもあるって聞いたことあるぞ」

「そういうところで知り合うのは、お金もらえないから」

「ふうん。ややこしいんだな。オカマの世界も」

「君、名前は？」ゴローが聞いた。

「あ？　気安く人の名前なんか聞くんじゃねえ。なんでおれが貴様に名乗らなきゃなんねえんだ」

純平はなめられた気がして、火のついたたばこをゴローめがけて投げつけた。

「ごめん。一日に二度も会ったから……」

ゴローが悲しそうな目をした。まるで捨てられた犬の目だった。

歌舞伎町はこんなのばかりだ。自分だって他人から見れば似たようなものだろう。

「おれは純平ってえんだ。憶えとけ」吐き捨てるように言った。

「そう……ありがとう。ぼくはゴロー」

「前に聞いたよ」

明治通りを暴走族が通過し、地鳴りのような排気音がホテル街まで流れてきた。

「ああ、そうだ。このビル、夜中でも人の出入りはあんのか」

思いついて聞いてみた。

「うん、あるよ。上の階に朝までやってるレンタルビデオ屋があるみたいだから」

「中国人以外には？」

「さあ、気をつけて見てるわけじゃないけど、やくざっぽい人の出入りはあるかな」

「あのな、ゴロー。ヅラを被ってるオッサン、知ってるか」

「ヅラ？」

「そうだよ。額の生え際が一直線のオッサンだ」人差し指で額をなぞった。

「ああ、それなら何度も見てる。その人、やくざ？」

「聞くな。おめえが首を突っ込むことはねえ。で、そのオッサン、何時頃ビルから出ていく」

「どうだろう。ぼくが見たときは、だいたい朝の四時から五時の間かなあ。大きな車が横付けされて、子分みたいなのに見送られて、出て行くけどね」

純平は腕時計を見た。もうすぐその四時だ。

「どうかしたの？」

「だから聞くんじゃねえよ」

「何か手伝えることがあったら、ぼくやるけど」

ゴローの言葉に、純平は振り向いた。

「なんでそんなことを言う。おれが堅気に見えるか。やばそうな話だってことぐらい雰囲気でわかりそうなもんだろう」

「でも、ほかにやることないし……」

ゴローが口をすぼめた。まるで女の仕草だ。オカマの世界ではさぞやもてるのだろうと想像した。

そのとき、ゴールドのリンカーンがビルに横付けされた。純平は身を硬くし、あわててそばにあった週刊誌を手にして読んでいるふりをした。

横目で様子をうかがう。運転席の男が携帯電話で連絡を取っているようだ。一分と経たないうちに、エントランス側に複数の足音が響き、男たちが外に出てきた。その中に松坂組の矢沢がいた。また生え際が目に飛び込む。

「社長、車でお送りしますよ」矢沢が声を発した。

「いい、いい。また高くついちゃうから。自分でタクシー拾う」誰かが言い返し、笑い声が起きる。

カジノの客との談笑だ。男たちが散会した。若い衆に見送られて矢沢がリンカーンの後部座席に乗った。野太いエンジン音を響かせ、走り去っていった。

純平はボールペンで左手の甲に「AM3：50」と走り書きした。決行の日は、念のために午前三時ぐらいから張っていたほうがよさそうだ。

「おい、ゴロー。携帯の番号、教えてくんねえか」

毎晩ここにいる人間だ。何かの役に立つかもしれないと思った。ゴローはうれしそうに微笑み、携帯電話を取り出した。

「純平君のも教えてよ」

「わかった。交換だ」

赤外線で互いのデータを交換する。手首を見てぎょっとした。無数の傷跡があった。

何か言おうかと思ったがやめた。立ち入ったところで自分にはどうしようもない。

「じゃあ、あばよ」片手を上げて、コインランドリーを出た。辻風が吹いてきて純平のスカジャンをはためかせた。

ここで弾くとして、問題は逃走経路だ。松坂組に捕まったらまずどこかに埋められる。死に方として最悪だ。組のためにも、その場は逃げきって、自分から警察に出頭しなければならない。

どこかにバイクでも用意して、そこまで走る作戦でいこうか。昔の暴走族仲間を当たれば一台ぐらい融通は利く。

新聞配達の中国人がスクーターで追い越していった。この界隈の新聞配達は全員中国人留学生だ。彼らがいないと歌舞伎町は新聞も届かない。

赤いテールランプが、早朝のラブホテル街にゆらゆらと揺れていた。

ホテルに戻ると、加奈が浴衣姿でベッドに寝転がり、携帯電話をいじっていた。

「あ、純平。おかえり。あのさあ、ケータイのサイトに純平のこと書き込んだら、すっごいレスが返ってきた。みんな、マジで心配してる」

加奈がはしゃいだ声を出し、手招きした。

「あ？　おめえ何やってんだ」

純平は加奈の隣に寝転んだ。携帯の画面をのぞき込む。

「ほら、こんなにレスがある。いい、ひとつ読んでみようか。《純平君は考え直したほうがいいと思うよ。いまどき鉄砲玉なんて流行《はや》らないよ。組長はよろこぶかもしれないけど、何か保障はあるのかな？　刑務所から出てきたとき、組がなくなってたらどうする？　もう一度、冷静に。by名無し》」

「バッキャロー！　誰だこいつは！」

純平は一瞬にして頭に血が昇った。加奈の携帯を取り上げ、振り上げる。

「やめてよ。ネットだからわかるわけないじゃん。そんなのに怒ってどうするのよ」

加奈が腕にしがみついた。携帯を取り戻し、浴衣の中に隠す。

「おめえ、何を書き込んだんだ」

「うん。書き込んだけど……」

加奈が悪戯を咎《とが》められた子供のように唇をむいた。

「言え！」

「……今、ラブホで一緒にいる男の子が暴力団の組員で、週が明けたら抗争相手の幹部を殺さなきゃなんないって。それで、やめさせる方法があったら誰か教えてって」

「このアマ、なんてことを……。名前まで載せやがったのか」

「平気だよ。フルネームじゃないし。《純平》だけだから、日本のどこだかもわからないし」

「くそったれ。人をオモチャにしやがって」

「心配してんじゃん。わたし、純平にやめてもらいたいから――」

「うるせえ。おれに構うんじゃねえ」

「ねえ、純平。冷静になって、ほかのレスを読んでみてよ」

加奈が携帯を再び取り出した。親指だけで器用に操作して、インターネットのサイトを画面操作する。純平がのぞき込むと、ほんの小一時間の間に十件を超える書き込みが寄せられていた。

「どうなってんだ。こんな時間に。普通の人間はみんな寝てるぞ」

純平は呆《あき》れた。サイトをのぞいたことはあるが、オタク的なものが嫌いで、かかわったことはない。自分の知らない世界だ。

「わたしたちだって起きてんじゃん。それに日本は広いんだよ。北海道から沖縄までの人間が、みんなつながってんの」

加奈が書き込みのひとつを選び、画面を突きつけた。

《#5　純平君、まだ二十一歳なんだって。殺人は重罪だし、やくざの抗争だと情状酌量の余地もないから、最低でも十年は喰らうよ。二十代が丸々なくなるね。考え直したほうがいいよ。byぽんぽん》

「どこのどいつだ。この野郎は」

純平が思わず声を荒らげる。このおれ様に向かって——。

「だからわかんないんだって。歳も、性別も」

「ふざけやがって。ネットなんかで吠えてねえで、おれに直接言えってんだ。半殺しにしてやる」

「匿名だから遠慮なく言えるんじゃない。そりゃあ中には悪口のレスもあるけど、そういうのは書き込む人間のほうが逆にイタイし、無視すればいいじゃん」

純平はほかの書き込みも読んだ。

《#6　やくざの鉄砲玉とラブホでエッチの最中なんて、つまんねえ作り話するんじゃねえの。本当なら証拠を見せてみろ。by名無し》

「ほら、こういうこと書き込む馬鹿もいるのよ」

加奈が鼻に皺《しわ》を寄せて、腹立たしそうにつぶやいた。

《#7　やっちゃえば、純平君。案外刑務所の中のほうが居心地いいかもね。by名無し》

「この野郎、陰口しかたたけねえ野郎が」

《#8　ねえねえ、純平君ってハンサム？　顔写真アップして。byセーラームーン子》

「ふん。なんでおれがオモチャにされなきゃなんねえんだ」

読んでみればつまらない書き込みがほとんどだった。こんな時間に携帯を抱えている人間など、どうせ暇人なのだ。発言もくだらない。ただ、丸々不愉快でもなかった。自分に関心を寄せる人間がたくさんいる――。

「おい。ちょっと寝かせろ」

純平は、加奈をベッドの真ん中から押しやった。スペースを確保して布団を被る。

「何よ、寝ちゃうの」と加奈。

「いい加減眠いんだよ。おれの一日は長えんだ」純平が大あくびをした。

「じゃあ、わたしも寝よっかな」

加奈が横向きになる。浴衣から大きな乳房がぽろりとこぼれた。

どうしようかと迷いつつも、自然と純平の手が伸びた。

「いやーん、寝るんじゃないの」加奈が色っぽい声を発し、身をよじった。

「もう一回やってから」純平は加奈にのしかかった。

これで確か六回目だ。娑婆で最後から三つ目の夜としては、悪い過ごし方ではない。

6

目が覚めると、加奈はもう起きていて、ソファの前にしゃがみ込んで化粧をしていた。

ファンデーションを一生懸命塗り込んでいる。そういえば、ゆうべは素顔を見たはずなのだが、抱き合ってばかりいたせいか、純平はとんと思い出すことが出来なかった。

時計を見る。午後一時だった。延長料金を取られる時間だが、背中が痛くなるほどよく眠ったので不服はない。ここ数年記憶にないほどの熟睡だった。組事務所の二段ベッドで寝るときは、無意識にたたき起こされるときに備えている。

「純平、起きた？　コーヒー飲む？　缶コーヒー買ってきてあるけど」

加奈が鏡に向かったまま言った。テーブルにはスナック菓子もある。

「じゃあ、もらおうかな」

純平はベッドから降りてジーンズを穿《は》いた。

「わたし、これからボウリングに行ってくる」と加奈。

「ボウリング？」

「そう。理沙からメールがあって、ゆうべ一緒だった男の子とその仲間がいて、これからボウリングしないかって誘われた」

「ふうん。元気なこったな」純平は能天気な同い年の女に苦笑した。

「純平はどうしてる？」

「おれは成り行きだ。まだ片付けなきゃなんねえこともあるしな」

缶コーヒーのプルトップの金具を引き、一息で飲む。

「夜、また会える？」

「わかんねえよ」

「じゃあメールする。また会いたいよお」

加奈が金色の髪を盛り上げ、仕上げにピンクのルージュをひいた。

アドレスを交換することになり、携帯電話を取り出したところで着信マークがあるのに気づいた。誰からだろうと記録を見る。純平は思わず背筋を伸ばした。北島の兄貴から電話が入っていた。今朝の九時台だ。留守録の伝言はない。予定では日曜の夕方に帰ってくるはずだから、出張先の大阪からかけてきたことになる。

放ってはおけないので、北島の携帯に電話してみた。五回ほどのコールで北島が出た。

「純平です。今、電話よろしいでしょうか」

「ちょっと待ってろ。ゴルフ場のレストランに客人といんだ」北島が低い声で言った。席を外す音がした。数秒間があって、会話が始まった。

「ゆうべ遅く、親分から聞かされて驚いた。おまえ、鉄砲玉になるんだってな」

北島が重々しい口調で言った。

「はい。自分が松坂組を弾いてきます」

純平は直立不動で返事をした。

「おめえも人がいいな。もうちっと言い逃れる方法を考えなかったのか」

「いや、でも、親分から直々《じきじき》に言われたんで……」

「そういうときは、兄貴と相談しますとか、適当に時間を稼ぐんだよ」

北島が電話の向こうでため息をついている。純平は、てっきり褒められるものと思っていたので困惑してしまった。

「これは誰にも言うな。実はおれ、ちっとばかし頭に来ててな。純平はおれの舎弟だろう。ということは、いかに親分でも、おれを通すのが筋てえもんじゃねえのか。それなのに、こんな大事な話を頭越しでやられちゃあ、ちょっとおれも気分が悪いっていうか、おめえに対しても申し訳ねえっていうか……」

「いえ、兄貴。自分なら平気です。兄貴のためと思ってやります」

「純平――」北島が言葉に詰まった。「とにかく、予定を切り上げて夜には東京に帰る。おまえ、何しててもいいが、すぐに会える場所にいろ」

「新宿にいます。いつでも呼び出してください」

「わかった。連絡を待て」

電話が切れた。純平の中で熱いものが込み上げる。北島は真っ先に自分のことを心配してくれた。それがうれしい。

「ねえ純平、誰と話したの？」加奈が聞いてきた。

「おれの兄貴さ。北島敬介っていう人さ」純平が鼻の穴を広げて答える。

「ふうん。かっこよさそうな人だね。だって純平が気をつけの姿勢で電話してんだもん」

「ああ、日本一の兄貴だぜ」

「その人が、純平に鉄砲玉になれって命令したの」

「よせやい。命令したのは親分だ。兄貴はその件でちょっと頭に来てるみてえで、今大阪なんだけど、急いで帰ってくることになったんだ」

「ねえ、わたしも会ってみたい」

「ふざけるな。兄貴がおめえみてえな小娘に会うもんか」

「ちぇっ。小娘だって」加奈が立ち上がり、ハンドバッグを振り回した。「じゃあ、出よっか」

「ああ、そうだな。楽しかったよ。ありがとうな」

「うん、こっちこそ」

二人でラブホテルを出た。空は秋晴れだった。サングラスを通しても、まばゆい光が差してくる。土曜日だから、新宿は人で溢《あふ》れかえりそうだ。

「じゃあね」加奈が手を振る。

「ああ、あばよ」

「〝あばよ〟だって」

加奈が声を上げて笑った。大きな胸が揺れている。

歌舞伎町の街を歩きながら、純平は秋の陽光を浴びていた。今日も一日自由だ。兄貴衆からの言いつけがないとは、なんと心が軽いことかと、純平は足の鎖が取れた奴隷のような解放感を味わっていた。

もっともするべきことはある。一昨日、痛めつけてくれた儀江組の連中には、今日明日中に仕返しをしなくてはならない。

左手の甲を見た。《スシ》という文字が目に飛び込んだ。そうだ、寿司を食べよう。丁度腹も減った。金はあるから、回っていないやつがいい。ウニとか、穴子とか、普段食べられないネタを好きなだけ食べてみたい。そう思っただけで唾《つば》が滲《にじ》み出る。

寿司屋は一軒だけ心当たりがあった。北島がよく行く歌舞伎町の店だ。高級店らしいことは店構えから想像はついたが、中の様子までは知らなかった。いつも外の車で待っているからだ。いったい一人で腹一杯食べて、いくらぐらいするのだろうか。一万円ぐらいまでならありがたいのだが。とにかく、ほかにあてもないので、純平はその店に行くことにした。

通りを歩いていると、屋台引きのオッサンから声がかかった。

「純平ちゃん、礒江組が捜してるよ。何かあった？」

「さあ、金でも貸してくれるのかな」

もはや開き直りの気持ちがあり、純平は笑って答えた。そこの辻を曲がったところで出くわしたとしても、そのときはそのときだ。捜す手間が省けるというものだ。

五分ほどぶらぶらと歩き、目的の寿司屋に到着した。あらためてその玄関を見ると、二十一歳の自分が入るにはあまりに敷居の高いたたずまいだった。引き戸の白木はきれいに磨かれ、手前の石を敷き詰めた左右にはきれいに塩が盛ってある。純平は暖簾《のれん》の隙間から中をのぞいた。店内は六割の入りで、身なりのいい男女が品よく寿司をつまんでいた。もし自分が入っていけば、間違いなく最年少だろう。

すぐには入る勇気がなく、純平はいったん離れて気持ちを整えた。まずはビールを注文して、つまみを切ってもらって……。刺身の種類を聞かれたらなんて答えればいいのだろう。イカとか海老とか言ったら笑われないだろうか。だいたい自分はネタの種類を知らない。握りは二十個ぐらい食べたいが、どうやって注文すればいいのか。寿司は順番があると聞いたことがある。いきなりウニを頼むと笑われそうな気がする。

路上で貧乏揺すりをした。店のウインドウに映る自分の姿を見た。スカジャンにサングラスにブーツ。誰が見ても街のアンチャンだ。くそったれ。純平が腹の中で毒づく。どうすれば兄貴みたいになれるのか。

結局、目の前の寿司屋はあきらめた。仮に入ってカウンターに席を確保したとして、自分は寿司を味わう余裕もないと思った。ひたすら馬鹿にされていないかと周囲を気にして、神経を使うだけだ。

ほかの寿司屋を物色して街を歩いた。注意して見ると、日本一の歓楽街だけあって、寿司の看板はあちこちに見つけることが出来た。しかし夕方からの営業だったり、やっていても混んでいたりと、なかなか適当な店は見つからなかった。

それに正直を言えば、純平はすっかり気後れしていた。だいたい寿司屋の玄関がガラス戸じゃないのは、一見《いちげん》さんを拒んでいるからで、若造など歓迎されはしないのだ。男は二十一歳でいいことなんかひとつもない。

純平はコマ劇場近くの回転寿司に入ることにした。いまどきの回転寿司は高級ネタだってあるし、デザートだってある。

「いらっしゃい」

威勢のいい声に迎えられて、五割方埋まったカウンターに席を確保した。隣にはツイードの背広を着た老人が座っていて、よく噛めない口で無心に寿司を食べている。

純平はビールを注文し、手始めに茄子《なす》の漬物の皿を取った。弁当ばかりの日常だから、こういう家庭的な一品にはいつも飢えている。

海老が回ってきたので取った。イカとマグロも取った。サクサクと瑞々《みずみず》しい音がした。赤身のマグロを口に放り込む。やっぱり寿司はうまい。まずは一通り食べておきたい。ゆうべはクラブとラブホテルで運動したおかげで、いくらでも腹に入りそうだ。

「何かご注文があったらおっしゃってください」中から店員が言った。

「じゃあ、トロ」純平が注文する。

「ああ。こっちも、トロをくれ」すかさず隣の老人が言った。

互いに目が合う。老人がにっこりと笑った。

「おにいさん、いい食べっぷりだ。若いっていいね。こっちは十貫がいいところだ」

老人が馴れ馴れしく話しかけてきた。

純平はにらみつけ、無視した。年寄りの相手になるほど人がいいわけではない。それに、背広もよく見れば薄汚れている。

ものの一分でトロの握りが出てきた。

「ほう、これは蛇腹《じゃばら》ときたか。ついてるな」老人はひとりごとを発したあと、純平の皿をのぞき込み、「おにいさん、一貫、換えっこするか」と言った。

「うるせえな。黙って食えねえのか」

純平が声を荒らげる。店内の視線が一斉に向いた。

「いや、ほら、こっちは蛇腹だから。おにいさんの皿は普通のトロだろう」

「何がちがうんだよ」

「見なさい。蛇腹みたいに身がほどけかけてるだろう。柔らかくてうまいぞ、ここは」

「やいジジイ。てめえ、回転寿司で何を通《つう》ぶってやがんだ。腹ン中に入っちまえばみんな一緒だろう」

「いまどき珍しい啖呵を切るんだな。おにいさん、どこのお人だ」

「うるせえんだよ。おれに構うな」

純平は向き直って怒鳴りつけ、老人の肩を軽く突いた。老人がバランスをくずし、椅子から転げ落ちる。湯呑みが倒れ、こぼれたお茶が頭からかかった。

「あちちち」老人が床を転げ回る。

レジにいた店員があわてて駆けてきた。「お客さん、お静かに願います」顔を強張らせて注意する。

「馬鹿野郎。見てたらわかんだろう。このジジイが絡んできたんだよ」

つい癖で凄んでしまった。本能みたいなものだ。ほかの店員も出てきた。責任者らしき男がおしぼりで老人の頭を拭く。

「救急車を呼んでくれ」老人が訴えた。「火傷《やけど》をした。腰も打った」

「やい。何が火傷だ。ジジイ、おれを誰だと思ってやがる。若造だと思ってなめた真似しやがるととんでもねえ目に遭うぞ！」

頭に血が昇った。どうしてこんな年寄りに絡まれなくてはならないのか。

「そうか。その筋のお人か」

「だったら何だ！」

「いたたたた。救急車だ」わざとらしく顔をゆがめ、腰を押さえて床に伏した。もはや店中の客が純平と老人を凝視している。とばっちりを恐れ、席を離れる者までいた。

「警察を呼びますが、いいですね」店長が純平に言った。

「あ？　なんでおれに言う。見てねえのかよ。このジジイが絡んできたんだぞ」

「でも、押したのはお客さんですから。けが人が出た以上――」

「おう、呼べ！　警察でも機動隊でも何でも呼べ！」

純平は顔を真っ赤にして吠えた。堅気にコケにされては黙っていられない。体中を不良のアドレナリンが駆け巡る。店長が目で合図し、店員が奥へと走っていった。このままだと警官が来る。交番からだとすぐだ。今騒ぎを起こすと……。三秒間、息を呑んで感情を押し戻した。

「ああ、待った。警察呼ぶのは待った」純平は、すんでのところで踏みとどまった。「落ち着こう。みんな、落ち着こう。おれとこのジイサンは店から消える。それでいいだろう。おう、ジイサン。店に迷惑かけちゃいけねえや。外へ出ようぜ。なあに、年寄り相手に物騒な真似はしねえよ。話し合いだ。店長さん、大きな声出して悪かったな。勘定頼むわ」

店長の肩をたたく。硬い表情の店長は、「そういうことなら」と引き下がり、店内の客に向かって「お騒がせしました。申し訳ありません」と大きな声で謝罪し、深々と頭を下げた。

「おう、ジイサン。立て。もう仕舞《しめ》えだ。充分食ったろう。勘定して出るぞ」

純平が老人を立たせる。老人が口をへの字に結んで言った。

「おにいさん。悪いがな、ここは立て替えてくんねえか」

純平は耳を疑った。

「ちょっと、持ち合わせがなくてな」

このジジイ……。顔が熱くなる。「てめえ、無銭飲食か」耳元で低く唸《うな》った。

「人聞きの悪いことを言うな。持ち合わせがないだけだ」

「そういうのを無銭飲食って言うんだよ」

「あいたたた。やっぱり救急車を呼んでくれ」

「この野郎……」

周りを見回した。依然として晒《さら》しものだ。店長はレジで金額をたたいている。

「ジジイ。出たら覚悟しろ」

純平は老人の首根っこをつかみ、無理矢理歩かせた。

「よう、店長さん。勘定は一緒だ。一緒にしてくれ」

「すまないな、おにいさん」老人が相好をくずす。

純平はせっかく食べた寿司の味を忘れてしまった。

店の外に出ると、純平は老人をビルとビルの隙間に押し込み、襟をつかんで激しく揺すった。

「てめえ、このクソジジイ、人をコケにするような真似をしやがって。おれは六明会早田組の坂本ってモンだ。極道をなめてただで済むと思うなよ」

「坂本君か。まあ落ち着け。食べてすぐ怒ると消化に悪いぞ」

老人が眉を八の字にして、とぼけたことを言った。

「この野郎……」

怒りで頬がひきつった。思い切り首を締め上げる。

「く、く、苦しい。暴力反対」

「ジジイ、ねぐらはどこだ」

「すぐ近くだ……。歌舞伎町のアパートだ……。ちょっと、手を離してくれ」

「うるせえ！　そこへ帰れば金はあんのか！」

「ある……」老人が真顔でうなずいた。「かな？」

「てめえ、おれの金を返せ」

純平は自分の運のなさに腹を立てた。どうして貴重な時間を、こんな老人相手に費やさなくてはならないのか。

「とにかくてめえのヤサに行く。ホームレスじゃねえんなら金目のものぐらいはあるだろう」

手を離すと、老人は膝に手をついて咳き込み、「坂本君は敬老精神に欠けるな」と地面に向かってつぶやいた。

「おい、行くぞ」腕をつかみ、通りに引っ張り出す。

「たった二千円とちょっとで大袈裟なことだ」

「馬鹿野郎！　無銭飲食の人間が言う台詞か」

老人の背中を押しながら街を歩いた。年寄りだと思っていたが、足腰はちゃんとしていて、純平と同じ速度で悠々と歩を繰り出した。並んでみれば背も高い。顔の下半分を覆う無精髭も、いい具合に分布していて、浅黒い肌にマッチしていた。

「よお、純平ちゃん」顔見知りのサンドウィッチマンから声がかかった。「珍しい組み合わせだな。先生とはどういう知り合いだ」興味ありげに見比べている。

「センセイ？」純平は思わず立ち止まった。「先生って……おっちゃん、このジイサンを知ってんのか」

「ああ、早稲田の先生だ。歌舞伎町じゃあ有名人だ」

「昔の話だ。おい行くぞ。坂本君」

老人が眉を寄せ、構わず先を進む。

「おっちゃん、あれが早稲田の先生ってのは本当か」

純平がサンドウィッチマンに聞いた。

「そうだよ。元大学教授。文学だったか、哲学だったか。前にハーゲルとかいう人の本をもらったことがあるよ」

「ヘーゲル」老人が歩きながら言う。

「まあ、むずかしいことは知らねえけどな。それから、無銭飲食でも有名だ。隣に座った客にからんで、椅子から転げ落ちて、救急車を呼んでくれって手口だ。さては純平ちゃん、引っかかったな。あはは」

看板を被った中年が、歯抜け顔で、愉快そうに笑った。

「やいジジイ」純平が追いかける。「おれをカモにするとはいい度胸だ」あらためて老人の襟をつかみ、前後に揺すった。

「乱暴だな、君は。金なら返すと言ってるだろう」

髪を直し、抗議する目で向き直った。

「なかったらどうなるかわかってんだろうな」

「君はもう少し穏やかに話せないのかね。稼業の人らしいが、吠えてばかりじゃ息が切れるぞ。強い犬は吠えないものだ」

「犬と一緒にするんじゃねえ」

「……わかったから、つばきを飛ばさんでくれ」

老人が顔をしかめ、再び歩き出した。純平があとをついていく。

土曜日の午後の歌舞伎町は雑多な人々で溢れかえっていた。中国人のツアー客が、通りをふさいで記念撮影している。チンピラ予備軍の少年たちが道端にしゃがみ込み、行き交う少女に声をかけている。チラシ配りがピンボールマシンの釘のように、道のあちこちに障害となって立っていた。

「坂本君はいくつかな」老人が歩きながら聞いた。

「二十一だよ」

「そうか。二十一か。いちばん物事を吸収できる時期だな。読んだ書物は一生記憶に残る。いや、素晴らしい」

「うるせえなあ。おれは本なんか読まねえよ」

「読まない？　なぜだ」

「漫画があんのに、なんで字ばっかの本を読まなきゃなんねえんだよ」

「……なるほど。それはもっともな理由だ」

老人が肩をすくめる。辻を曲がったところで、今度はイラン人の露天商に呼び止められた。

「ヘイ、純平。儀江組ガアナタヲ捜シテルネ。何カアリマシタカ」

「あった、あった。おれなら元気に歩いてたって、今度聞かれたら答えときな」

純平は自棄《やけ》気味に声を張り上げた。儀江組は本気で自分を捜しているようだ。

「君はずいぶん人気者なんだね」と老人。

「ああ。だから、おれの名前は憶えておきな」

ポケットに手を突っ込み、大股で歩いた。礒江組を恐れる気持ちはまるでなかった。来るなら来いと、歌舞伎町の街頭放送でアナウンスしたいくらいだ。


老人の住むアパートは、ラブホテル街を抜けて職安通りに差しかかる手前の、古びたビルが建ち並ぶ一角にあった。アパートというより雑居ビルで、外観は朽ち果てた廃屋の印象だ。屋上ではカラスがうるさく啼《な》いている。

「ジイサン、ここ、人が住めるのかよ」純平がビルを見上げて聞いた。

「ああ、住めるとも。住んでるのはぼく一人らしいがな」

老人が玄関をくぐる。ついていくと、中はもっと怪しげで、部屋のドアには、総会屋としか思えない個人事務所や、暴力団の関連会社らしき事務所が看板を掲げていた。廊下は段ボール箱や自転車の置き場所になっていて、真っ直ぐに進めない。階段も同様で、ひとつ箱を蹴ったら、隠れていた野良猫たちが驚いて四方に散っていった。

「五階だ。エレベーターは止まったままでな。健康にいいだろう」

「どういうビルだ」

「どこかが地上げに失敗して、よけいに権利が複雑になり、もう誰も手を出そうとしない物件だ。家賃も安いぞ。半年溜めてるが、所有者が曖昧《あいまい》だから催促もしてこない。わっはっは」

老人が高笑いをする。純平は苛立つ気持ちを抑え、階段を上った。早く金を取り返してほかのことをしたい。

老人の部屋は五階の突き当たりにあった。表札はない。扉が開き、中をのぞくと玄関口までうずたかく本が積まれていた。足の踏み場もない。

「おい、ジイサン。人が入れるのかよ」

「蟹《かに》歩きしてくれ。中は広い」

言われたとおり、横になって入ると、少しはスペースがあるものの、全体としては書庫そのもので、机もベッドも本に埋まっていた。ただ、南側に窓とベランダがあり、日当たりはいいので荒《すさ》んだ感じはなかった。ここにも数匹の猫がいて、気持ちよさそうに目を細めていた。

「じゃあ、金だな。いくらだったかな」

「二千六百円だよ」

「わかった。そのへんに座って待っててくれ。探す」

老人が机の本を横にどけ、金を探し始めた。純平は肩の力がすっかり抜け、一人掛けのソファに、本をどかして腰を下ろした。

周囲を見回す。外国語の本が多いのにびっくりした。それも英語以外の、どこだかわからない国の文字だ。

そのとき携帯の着信メール音が鳴った。誰かと思って見ると、さっき別れたばかりの加奈だった。

《純平、何してる？　掲示板を見たら、純平のことについていっぱいレスがあったよ。アドレスを貼り付けるから、純平も見てごらん》

またネットおたくどもが勝手なことを書き込んでやがるのか——。純平は鼻で笑いつつ、それでも一応は好奇心もあるので、コピーされた掲示板にアクセスしてみた。

順に読んだ。

《＃28　純平君。若いね。後先を考えない年頃だってのはわかるけど、鉄砲玉っていうのは人生の選択として極端過ぎるんじゃないの。今すぐ逃げ出すことをお勧めするね。隠れる場所なんていくらでもあるよ。沖縄のサトウキビ刈り奉仕なんてのはどうかな。給料はもらえないけど、交通費と食事と住むところは面倒見てくれるよ。実を言うと、ぼくは経験者。高校時代ひきこもりになって、リハビリのために三ヶ月ほど滞在したけど、仲間がたくさん出来て有意義だったな。結構可愛い女の子も来てるんだよ。by名無し》

馬鹿かてめえは。なんでおれが野良仕事をただでやらなきゃなんねえんだよ――。純平は携帯の画面に向かって毒づいた。
《#29　オッス、純平殿。自分は元極道です。十八で盃をもらいましたが、三年で足を洗いました。今はトラック運転手です。小指はついてます。いい具合に組が解散してくれて、堅気になれました。自分が極道のときも、ほかの組との抗争があり、誰かが鉄砲玉にならなければならない雰囲気がありましたが、頭のいい兄貴分たちは、相手の組事務所に拳銃を打ち込むなどして、わざと早めに逮捕されていました。殺人罪より銃刀法違反のほうが、罪が軽くていいからです。結局、まごまごしてるやつが鉄砲玉に指名され、現場でしくじって命を落としました。純平殿、組事務所に一発打ち込んで自首してはどうですか。byトラック野郎一番星》
もう遅《おせ》えんだよ。こっちは親分から直々に指名された身なんだよ――。純平は吐息を漏らした。しかし、この書き込みは本当に元極道なのだろうか。インターネットというのは規模が大きすぎて正体がつかめない。
《#30　純平君はなかなか肝の据わった青年のようだね。気に入ったよ。損得だけで生きている人間が多い中で、自己犠牲を厭《いと》わない根性は素直に賞賛したいね。しかし、ターゲットがやくざというのはちょっといただけないかな。そこで純平君、どうせくさい飯を食うなら悪いやつを消し去って英雄になってみないか。ターゲットはずばり政治家。首相の小泉純次を殺って歴史に名を飾ろう。byテロリスト太郎》
人の運命で遊ぶんじゃねえよ――。純平はこういう茶化しがいちばん頭に来た。
《#31　純平君って、もしかして梅ヶ丘二中にいた青木純平君？　わたし、バスケ部だった愛美です。もし青木純平君だったら連絡して。みんな心配してるよ……。by愛美》
人違いだよ馬鹿野郎。おまえら、なんでこんなに暇なんだよ――。
《#32　純平君とやら、鉄砲玉にならなくていい方法があるよ。ただしただでは教えたくないな。このアドレスにまずは空メールを送ってくれたまえ。byてふてふ》
何の商売だ――。純平はいい加減、読むのがいやになった。掲示板を閉じる。加奈にだけは返事を打った。
《メールありがとうよ。暇人が大勢いやがるな。おれは迷ってなんかいねえぞ。男になるんだ。女のおめえにはわからねえよ》
携帯電話をしまった。見上げると、老人は本の山によじ登り、神棚を開けていた。
「ジイサン、何してんだ」純平が聞く。
「おかしいなあ、金がないぞ」老人が首をかしげて言った。その言い方がいかにもわざとらしく、深刻さのかけらもない。「はて、鼠《ねずみ》が咥《くわ》えていったか……」

「この野郎、はなから金なんかなかったんだろう。おれをこんな所まで連れてきやがって」頭に血が昇った。ベランダから逆さ吊りにでもしないと気が治まらない。「やい。仏の顔はここまでだ。ジジイ、覚悟しやがれ」

「まあ、待て。金ならすぐに作れる」

老人はあくまでも落ち着き払い、本の山から見下ろして言った。風貌も手伝って、なにやら仙人のように見える。

「どうやって作るんだよ」

「坂本君の目は節穴かな。君は今、宝の山に入り込んでいるんだぞ」

「何を寝言言ってやがる。おれは忙しいんだよ。さっさと金をよこせ」

じれったくて床を蹴った。

「たとえば、君のすぐ右横にある棚の真ん中あたりの赤い布張りの本、何だと思う」

「知るかよ。本は本だろう」

「三島の初版本だ」

「それがどうかしたのかよ」

「古本屋に持っていけば、回ってない寿司が三回は食べられるんじゃないかな」

純平は返事に詰まった。手を伸ばし、その赤い本を抜き出す。

「大事に扱えよ。古いから背も弱ってる」

開くとカビの臭いがした。古い字が並んでいて読む気も起きない。

「君にはこれをあげよう」

老人が本の山から下りてきて一冊の本を純平に手渡した。

「齋藤緑雨《さいとうりょくう》の『緑雨警語』だ。売ってよし、所蔵してよし」

「こんなもんいらねえよ。金をよこせ」

「だから金に換えたければ古本屋に持っていって売ればいい」

「くそったれが。二千六百円以下だったらここに火イつけるからな」

純平は仕方なく受け取ることにした。これ以上、こんな老人に振り回されたくない。

「按《あん》ずるに筆は一本也、箸は二本也、衆寡敵せずと知るべし」

老人が唄うように言った。

「何だ、それは」

「その本に出てくる有名な言葉だ。数の少ないものは、数の多いものには勝ち目がないことを知りなさいという意味だ」

「言われなくてもわかってるよ。馬鹿じゃねえのか、この齋藤ナントカてえのは」

「うん、まあ、そう言われると困るのだが……。ああ、そうだ。おいしい紅茶があるから飲んでいきなさい」

純平の返事を待たず、老人が本の間をすり抜けて流しへ歩いていく。

足元に黒猫がやって来た。純平はそれを抱き上げ膝に置いた。「おめえは野良か。おれと一緒だな」話しかけると、黒猫は大きなあくびをし、そのまま膝の上で丸くなった。

「なんだよ。おれはもう帰るんだよ」

純平はため息をつき、ソファにもたれこんだ。

あらためて部屋を見回す。本棚に、無造作に古い懐中時計が置いてあった。なんとなく手を伸ばした。裏に刻印があった。汚れていたので、シャツの袖で拭き、のぞき込んだ。

《第五十五回　新日本文藝賞　西尾圭三郎《にしおけいざぶろう》君》と読めた。

これが何なのか、純平には見当もつかない。ふと思いつき、流しの老人に聞いてみた。

「よお、ジイサン。ところであんた、名前は何ていうんだ」

「ぼくか。ぼくは西尾だ」

「ふうん……」

大学の先生だったというから、一回ぐらいは表彰されているのだろう。一瞬、この懐中時計をいただこうかとも思ったが、質屋は身分照会がうるさいのでやめておいた。どうせ安物だ。

紅茶が運ばれてきた。これも古いがやけに高そうなティーカップだ。香りをかいだら、樹木に似た匂いが目の裏側まで届いた。そんな純平の様子を、老人が微笑して眺めている。

「ジイサン、なんでこんなところで暮らしてんだ。早稲田の先生なら、金だってあるだろうに」

「もうない。家も財産も元妻と子供たちにくれてやった」老人が軽く肩をすくめて言った。

「ぼくは定年退職とともに、グレることに決めたんだ」

「グレる？」

「ああ、そうだ。グレるのは楽しいなあ」

老人が晴れやかに言う。純平はさっさと退散したかった。

7

老人は、話し相手が出来たことによろこんでいる様子だった。ポーカーフェイスは相変わらずだが、口元はゆるんでいる。だいいちよくしゃべる。

純平は事の成り行きに辟易《へきえき》しながら、膝に乗って動かない黒猫の毛を撫で、老人の言葉を浴びていた。中身は半分も聞いていない。

「ぼくはね、大学を退官して、家族を捨てることにしたんだ。妻と子供たちときれいさっぱり関係を断ち切った。ぼくはこれまで、あらゆるものに縛られて生きてきた。大学や学会での地位、近所の評判、妻の実家への顔、自身のプライド。がんじがらめだった。あらゆることに紳士的、理性的であろうと努め、微笑を絶やさなかった。感情を爆発させることはなかった。周囲はぼくを温厚な紳士だと決め付けていたようだ。大学教授という通りのいい職業のせいで、世間の信用も集めていた。役所も、銀行も、信販会社も、ぼくを疑ったことはなかった。しかし、本当の自分はそんなんじゃなかった。ぼくは紳士なんかでいたくなかった。幼い頃から、心の中には、噴火しそうな何かが、常にふつふつと煮立っていたんだ」

老人は街頭で演説でもしているかのように、開け放った窓に向かってしゃべっていた。ベランダの猫たちは一切の興味を示さず、ただ横になっている。

「若い頃、一度だけ脱出するチャンスがあった。ドイツに留学しているとき、小説を書いて日本の出版社に送ったら、それが雑誌に掲載され、名のある文学賞を受賞することになった。今ほど騒がれることはなかったが、それでも新聞に載るようなニュースで、将来を嘱望《しょくぼう》された。ぼくはこれを千載一遇のチャンスととらえた。作家になれば、常識を求められなくて済む。社会から逸脱しても許される――。しかし、そうはならなかった。勲章好きの母親が大いなる勘違いをして、息子は立派な賞を得た立派な人間だと思い込んでしまった。親戚の前で、『わたしの教育が間違っていなかったことが、これでまた証明された』と誇らしげに言ったとき、ぼくは目の前が真っ暗になった。息子の心の闇になどまったく想像力が及ばない。作家が世のはみ出し者であることなどに、これっぽちも理解を示そうとしない。権威好きで、一流好きで、見栄っ張りの母親の、また自慢のネタにされてしまった――。そもそもぼくの最大の悩みの種は母親だった。子供の頃から家庭教師をつけられ、優等生であることを求められ、自由を奪われ、自我の萌芽《ほうが》すら摘まれてきた。ぼくにはまったく自分というものがなかった。絶えず母親の顔色をうかがい、母親の望む方向ばかりに舵《かじ》を切ってきた。まるで去勢された飼い犬だった」

「なあ、ジイサン」純平が口をはさんだ。「そのお袋さんてえのはまだ生きてんのか」

「まさか。とっくに死んだよ。だいいちぼくは今六十八だ」

「だったらもういいじゃねえか。ホトケさんは、生きてるモンには何も言わねえんだから」

「まあ、そうだが……これはトラウマの話だ」

「ふうん。むずかしいんだな。頭のいい人は。それより灰皿はねえのか」

「ええと、そうだな」老人が絵の具の固まったパレットを差し出した。「これでも使ってくれ」

ふと気づけば、部屋には絵の具の臭いがあった。何枚かの油絵も立てかけてある。

純平はたばこに火をつけ、ゆっくりと吸い込んだ。足元に別の猫がやってきた。膝にぴょんと飛び乗り、さらには胸を伝って肩まで上った。頭に前足をついて伸びをしている。

「ええと、なんだっけ。そうだ、ぼくがグレることに決めたという話だ」老人がひとつ咳払いし、話を続けた。「ぼくは母親の決めた相手と結婚し、子供を二人つくり、家庭を築いた。しかしそれもぼくにとっては砂上の楼閣に過ぎなかった。すべては自分を偽り、よき夫、よき父を演じることを前提に成り立つもので、家の中のどこにいようと、ぼくは心からくつろげることはなかった。ぼくの妻というのが、また母親と同類の優越的視点の持ち主で、ぼくにプレッシャーをかけ続けた。おまけに出たがりだった。なにがアフリカ難民を救う友愛の会、だ。キリスト教が布教名目で植民地支配に加担したのと同じ構図ではないか。ぼくはそんな会に幾度も駆り出されて、その都度、苛立ちを抑えるのに苦労してきた。早い話、母親から妻へと支配のバトンタッチがなされただけに過ぎない。ぼくはずっと解放されたかった。権威などドブ川に投げ捨てて丸裸になりたかった。そこでぼくは大学を早期退官し、教授の職を捨て、家族も捨て、百パーセント自由になる道を選んだ。手始めに家出をした。書置きをして、月に一度は連絡を入れるから捜さないでくれと妻に伝えた」

「ちょっと待てよ。そういうの、家出っていうのか」

純平が冷めかけの紅茶をすすって言った。体の上の猫は三匹になっていた。

「一応、家出だろう。坂本君の見解ではちがうのか」

「あのなあ、家出っていうのは居場所なんか教えねえもんだろう」

「君は経験があるのか」

「大ありよ。最初は中一の夏休みだ」

「ずいぶん早熟だな」

「馬鹿野郎。義務教育のときにやんなくていつやるんだよ」

「まあ、言われてみれば確かにそうだな……」老人がなるほどといった顔でうなずいている。「で、君の場合、どういう家出だったのかな」

「家も学校も鬱陶《うっとう》しいから、埼玉から東京に出てきたんだよ」

「中学生なら捜索願が出ただろう」

「それが出なかったんだよ」

「出なかった？　どうして」

「そういう親なんだよ。うちは母子家庭だったが、お袋っていうのがまだ若くて、ホステスやってて、客なんかとあっという間にデキちまうから、子供が邪魔でしょうがねえんだな。だからおれが家出しようものなら、ラッキーてなもんで、さっさと男のところへ行っちまうのさ」

「ちょっとひどいね、その母親は。今何をしてるのかな」

「知るか。地元でホステスでもやってんだろう。それしかできねえ女だし」

「で、君はグレたのか」

「見ればわかるだろう。今じゃ極道だ」

純平は眉をひそめて答えた。この老人の言うことはまるで頓珍漢《とんちんかん》だ。

「ふんふん。なるほど。ぼくは君に師事したほうがよさそうだな」老人がぶつぶつとひとりごとを言った。「ちなみに、どんなグレ方をしたのかな」

「なんでもやったよ。喧嘩、恐喝、盗み、シンナー」

「刑務所には入ったのか」

「未成年だったから少年院だな。半年ほどいたさ」

「そうか。君は不良のエリートだな」老人が頼もしそうな目で純平を見つめて言った。

「実を言うと、家を出たのはいいが、何をするべきか自分自身わからなくてね。道端で寝たり、警察官にからんだり、無銭飲食はあるんだが、それ以上の展開がなくて困っていた。道を外れたいのだが、ほら、いかんせんアウトローの経験がない。ひとつ指南《しなん》してもらえないか」

「はあ？　おれは忙しいんだよ」

「そう言わないでくれ。これも何かの縁じゃないか」

「ふざけるな。おれに弟子入りしたきゃ、まずは街でゴロでもまいてきな」

「いや、喧嘩はちょっと……。なにせ六十八だし……」

老人が腕組みして、真面目に考え込んでいる。

「ふん。命が惜しいか。あのなあ、命が惜しけりゃ、とっとと家に帰るんだな」

「いや、もう命は惜しくないんだ。孫の顔も見たし、それなりの業績も残した」

「じゃあ何だ」

「喧嘩をしたことがないんだ」

純平は口を利くのも馬鹿らしくなり、椅子に深くもたれかかり、両手を上げて大きなあくびをした。猫があわてて衣服にしがみつく。

ふと考えが浮かんだ。

「ジイサン、やる気はあんのかよ」

「ある。罪もない人間に危害を加えるのはいやだが、チンピラ相手なら、うしろから棍棒で殴るくらいの覚悟はある。さぞや爽快ではないかと思うのだが……」

「ああ、そうだな。気持ちいいと思うよ。どうせ死んだって悪党だ。世のためってもんだ」

「いや、殺生《せっしょう》はちょっと……」

「万が一の話さ。馬鹿は頭が固いから、簡単には死なねえよ」

純平は、この老人に儀江組の組員を襲わせるアイデアを思いついた。見ず知らずの老人に、いきなり鉄パイプか何かで頭を割られたら、連中はさぞかしパニックに陥るだろう。想像しただけで愉快になってくる。

「ところでジイサン、走れるか」

「ああ、そうだな。カール・ルイスほどは走れないが、少しなら」

「誰だ。カール・ルイスって」

「そうか。もうそういう時代なのか」

「まあいい。決まった」

純平は立ち上がり、猫たちを追い払った。齋藤緑雨とやらの本をズボンの背中に差し込んだ。

「これからやるのかね」

「ああ、そうだよ。何だ、道を外れたくてしょうがないんじゃねえのかよ」

「わかった。ここはひとつ坂本君に従うとしよう」

老人が背筋を伸ばし、力を溜め込むように両手の拳を握った。皺だらけの首筋に血管を浮かせ、中空をにらんでいる。まったく歌舞伎町は変人だらけだ。


二人で街を歩いた。手始めに、目についた工事現場に入り込み、土曜日で誰もいない資材置き場から手ごろな鉄パイプを一本拝借した。先端にはボルトがついていて、恰好の凶器だ。

「ジイサン、これを杖にして歩け」

「失敬な。ぼくは杖など必要としないぞ」

老人が憮然《ぶぜん》として言った。

「わかってるよ。肩に担いでたら怪しまれるだろう」

「うん、そうか。ステッキということなら、まあいいか」

老人がコンコンと地面を鳴らし、通りを闊歩《かっぽ》した。フンフンと鼻歌を奏《かな》でている。

「ジイサン、大学教授ってどうすりゃあなれるんだ」純平が聞いた。

「胡麻《ごま》をすれば誰でもなれる」唄うように答えた。

「はは。じゃあ、ジイサンも胡麻をすったのか」

「ああ。ホモの学部長に尻を差し出した」

「ほんとかよ」

「それは冗談だ」

「この野郎。極道をからかうんじゃねえよ」

「坂本君よ。君はどうして稼業人になった」

「どうしてかって？　呑気《のんき》なこと聞いてやがんな。おれらにはそれしか道はねえんだよ。勉強はできねえし、家は貧乏だし、これといったコネはねえし。堅気だったら、おれら踏みつけられるだけだろう。その点、極道は才覚次第でいくらでも上に行けるじゃねえか」

「なるほど、被支配層の正当防衛だな。おとなしく支配されると思ったら大間違いであると、支配層に牙を剝《む》いているわけだ」

「むずかしいこと言わねえでくれ」

「ところで、誰を襲えばいい？　あの前から来る若いチンピラなど、手ごろに思えるのだが」

「あれはキャバクラのスカウトだって」

顔見知りのスカウトの若者だった。「純平さん。ちわっす」立ち止まり、頭を下げる。

「おう、いいところで会った。礒江組の誰か、見かけなかったか」

「見かけるどころか、昨日から純平さんを捜し回ってますよ。知らないんですか？」

「知ってるさ、それぐらい」

「ずいぶん余裕ッスね。捕まったら、ちょっとやばいんじゃないですか」

「馬鹿野郎。その前にこっちから仕掛けてやる」

「相変わらず強気ッスね。礒江組なら『ロータス』あたりでとぐろ巻いてんじゃないですか」スカウトが行きかけて立ち止まった。「ああ、そうだ。北島さん、いよいよ一家名乗りするんですか」

「あ？　何の話だ」

「いや、昨日ちょっと小耳にはさんだものッスから。おれ、北島さんの子分にしてもらえるんなら、部屋住みから始めてもいいかなって」

「知らねえよ。一家名乗りなんて、おれは初耳だぞ」

一家名乗りとは、独立して組を構えることである。純平は困惑した。そんな話があるなら、舎弟である自分が真っ先に知っていなければならない。

「じゃあただの噂ッスかね。出所が『ゆうこ』の女の子だったから。自分はてっきり……」

スナック「ゆうこ」のママは北島の愛人の一人だ。ならば信じても無理はない。

「おめえ、北島組なら入る気あるのか」純平が聞いた。

「もちろんッスよ。純平さんのこと、兄貴って呼びますよ」

スカウトが踵を返し、去っていく。兄貴が一家名乗り？　純平は口の中でつぶやいた。

北島が一家名乗りを出来ないでいるのは、腕が立つので親分が手放したがらないからだった。酒を飲むと、北島はいつもそのことを愚痴っていた。

北島組が誕生したら、自分は若頭だ。想像するだけで胸がふくらむ。もっともそのまえに勤めがあるのだが。

「なあ、坂本君。ぼくの相手はまだみつからないのか」老人が聞いた。

「待ってなって。この先の喫茶店にいんだからよ」

純平はポケットからサングラスを取り出してかけた。オールバックの髪を手櫛でかき混ぜ、額に垂らした。念のための変装だ。

風林会館近くの喫茶店「ロータス」の前に着いた。道を挟んだ歩道の植え込みに身を隠し、ウインドウ越しにそっと中をのぞき込む。歌舞伎町の喫茶店は、暗黙の了解で各組のテリトリーが決まっている。だから入ったことはない。

自分を痛めつけてくれた二人組はいなかったが、その兄貴分がいた。テツさんと呼ばれていたヤギ髭の男だ。競馬新聞を広げ、今頃モーニングセットのトーストを食べている。お供はいない様子だ。飛んで火にいる夏の虫だ。純平の心臓が鼓動を早くした。

「よし、ジイサン。あのヤギ髭野郎の顔を覚えてくれ。あいつがターゲットだ」

老人の耳元でささやいた。

「うむ、わかった。ちなみにあやつは何者だ」

「たちの悪いやくざだよ。気兼ねなくやってくれ」

「六十八で初のバイオレンス体験か。ぼくは武者震いしてきたぞ」

老人がごくりと喉を鳴らした。鉄パイプを縦に構え、神主のように震わせている。

「落ち着け。どうせジイサンが近づいても、やつは警戒もしねえ。もしもして声をかけて、振り返ったところで、鉄パイプで思い切りガツンだ。三発ぐらいはお見舞いしてやれ。そのあとは鉄パイプをその場に捨てて、さっきのねぐらに走って帰れ」

「わかった。タイミングだけ知らせてくれ」

ヤギ髭はトーストを食べ終え、たばこをふかしていた。携帯ラジオを置いているところからして競馬のノミ行為だろう。土日の歌舞伎町はノミ屋だらけだ。

腕時計を見た。そろそろ最終レースの時間だ。ということは仕事も終了だ。

「しかし、見るからに悪そうな男だな」老人が言った。

「やくざが人相よくてどうする。恐がらせてナンボの世界だろうが」

「その割りに、君はどこかベビーフェイスのところがあるな」

「うるせえな。気にしてんだよ」

純平は目を吊り上げ、にらみつけた。

店内でヤギ髭が立ち上がった。レジに歩いていく。上着のポケットから財布を取り出した。

二人で電柱の陰に移動する。頭だけ出して、食い入るように見つめた。

「ジイサン。話は戻るが、作家にはなれたのかよ」純平が聞いた。

「ああ、なったさ。本を十冊は書いた。しかし、見事にどれも売れなかった。まったく大衆の目は節穴だ」

「ふん。逆だろう。正直なんだよ」

「そう言われれば、そうかもしれんが……」

「よし。出てくるぞ。何食わぬ顔で近づいて、いきなりドタマかち割ってやれ」

「わかった。見ててくれ、坂本君」

老人がぎくしゃくした足取りで通りを横断した。車が走ってきてクラクションを鳴らす。「馬鹿。左右ぐらい見ろ」純平は目を覆った。

なんとか事故には至らず、老人が道路を渡り終えた。シンクロするように礒江組のヤギ髭が喫茶店から出てきた。そのとき、路上に駐車してあったベンツのドアが開いた。舎弟らしき若者が降り、「お疲れ様です」と頭を下げた。

あ痛。手下がいたのか――。純平はその場で固まった。おい引き返せ――。老人に心の中で叫ぶが、初めての暴力体験に緊張の極みにいる元大学教授は、周りがまるで見えていない。すたすたとヤギ髭に向かって突き進んでいく。

老人が鉄パイプを振り上げた。「やあーっ」と声を発し、振り下ろした。

ヤギ髭が振り返る。よける間もなく、鉄パイプがヤギ髭の脳天に命中した。しかもボルトの部分だ。

ヤギ髭が歩道に尻餅《しりもち》をつくのと同時に、舎弟が老人にタックルをかました。「野郎！何の真似だ！」怒号が響く。通行人が何事かと足を止めた。

ヤギ髭の頭から血が流れ出た。ヤギ髭は、てっきり出入りと思ったのか、這《は》いつくばって車の後部座席に逃げ込んだ。

「テツ兄い。大丈夫ですか！」舎弟が老人を組み敷いて叫ぶ。

「は、は、早く車を出せ！」ヤギ髭はパニックに陥っていた。次の襲撃があるかもしれないと、後部座席で体を丸めている。

「このジジイはどうしますか」

「ジ、ジ、ジジイ？」声が裏返った。

「へい。見たとこ、ジジイです」

「ええい。じゃあ、さらえ！」

老人もベンツの後部座席に押し込まれた。

純平は口を半開きにしてその光景を眺めていた。飛び出して救うべきか、老人には運が悪かったと諦めてもらうか。

考えているうちにベンツが発進した。リアウインドウに老人のもがく姿が見えた。きっと誰も警察には通報しない。みんな慣れっこなのだ。

さあ困った。まさか殺しはしないと思うが……。純平はその場に立ち尽くしていた。

老人は攻め立てられ、事情を説明するだろう。自分の名前が出ることは一向に構わないし、むしろそのほうが面白いのだが、あの老人がリンチにあうかと思うと、どうにも寝覚めが悪い。

そのときうしろに人影が映り、いきなり尻を蹴飛ばされた。ぎょっとして振り返ると、派手な背広を着た中年男が立っていた。

「やい、北島んとこの若いの。久し振りじゃねえか。ここで何をしてやがる」

声の主は新宿署の山田だった。やくざから金品をたかっては歌舞伎町で遊んでいる悪徳刑事である。顔は赤く、昼間から酒の臭いをさせていた。鼻の穴がでかいので、まるで秋田のナマハゲだ。

「……どうも」

純平は顔を強張らせて会釈した。媚《こび》を売るチンピラもいるが、純平は金に意地汚いこの刑事が嫌いだった。

「北島は何してる。一緒じゃねえのか」

「ちょっと義理掛けで関西のほうへ……」

答えながら思い出した。そういえば北島から、山田が袖の下を要求しているのでネクタイを用意しておけと言われていた。「ネクタイ」とは、箱の下に金一封を忍ばせておく賄賂のことだ。

「あの、ネクタイでしたら、北島が戻り次第、お届けできると思います」

「そうか。北島もわかってるじゃねえか。がはは」

山田が下品に笑い、純平の胸を小突いた。龍の刺繍《ししゅう》のネクタイが目の前で揺れている。

見た目は完全なやくざである。

そうだ――。純平はひらめいた。

「刑事さん。ところで、たった今、ここで拉致事件がありましたよ」

「あ？　拉致事件？　何のことだ」

「礒江組のヤギみたいな髭を生やした男が、年寄りをベンツに押し込んで去っていきました」

「それはマジか」

「ええ。マジです」

「ふうん」山田がたばこをくわえる。顎をしゃくるので仕方なくライターで火をつけた。

「……どうせ、やくざ同士のごたごただろう」煙を吐き出し、気のない返事をする。

「いや。その年寄りは堅気に見えましたよ」

「おめえの見間違いだ」

「いや、しかし――」

「おい小僧、警察の仕事を増やす気か」

顔を寄せ、凄んできた。純平は言葉を失い、老人が連れ去られた方角を見やった。

「それより、おめえ、いいところで会った。ちょっと頼まれごとをしてくれねえか」山田が言った。

「いや、おれ、ちょっと、忙しくて……」純平が一歩下がる。

「すぐに済む。何か？　おれの頼みは聞けねえってか？」

「そんなことは……」

「聞いてくれよ。北島の舎弟だろう。親戚みてえなもんじゃねえか」

「刑事さん、酔ってるんですか」

「酔ってねえよ。そこのとんかつ屋でちょっと生ビールを飲んだだけだ。立ち話もなんだから、そこの喫茶店に行こう」腕をつかんできた。「奢《おご》ってやるよ。ココアでもウインナーコーヒーでもロイヤルミルクティーでも何でも好きなもん飲め」

強引に引っ張られ、道を渡った。走ってきたタクシーが急停車したが、山田の人相風体に恐れをなし、クラクションを鳴らさなかった。

純平の胸の中で、灰色の気持ちが膨れ上がった。まったく今日はろくなことがない。

8

喫茶店「ロータス」で山田と向き合った。やくざよりもやくざらしい風体に、周りの客がちらちらと盗み見る。だいいち地声が大きいので、サイレンを鳴らして歩いているようなものだ。

「おい、にいちゃん。コーヒーと昆布茶だ。坂本、おめえは何を飲む。好きなもん頼め。腹減ってるならサンドウィッチとか、カレーライスとか、食いモン頼んでもいいぞ。おめえ、知ってるか。ここのカレーは健康的だぞ。業務用のレトルトを水で薄めてるって噂だ。少しでもカロリーを抑えようって心遣いだな。なあ、にいちゃん。そうだろう。がははは」

若いウェイターが顔をひきつらせていた。純平はコーヒーを注文した。

「最近、景気はどうだ」

「よくないです」

「そりゃあそうだな。毎日どっかの店が潰れて、ビルは空き部屋だらけだ。南米から来た売春婦連中も仕事がないもんだから、花飾り作りの内職に駆り出されてるってよ。まったく歌舞伎町ってところは、不景気の波を真っ先にかぶる街だからな。おれ様の懐も寂しいわけだ」

山田が短い足を組み、ソファにふんぞり返った。袖口からのぞくロレックスは金無垢だ。三十代半ばと聞いたことがあるが、やくざ同様、生臭い世界で生きてきたせいか、年齢を超越した風貌をしている。

「ところで、北島はまだ一家名乗りを許しちゃもらえねえのか」

山田の言葉に、純平はどきりとした。さっき顔見知りのスカウトから噂を聞かされたばかりだ。

「さあ、自分は知りません」何も言わないことにした。

「可哀想になあ、あいつも。腕は一人前でも、親分があれじゃあな。早田のおっさん、独立したけりゃあ三千万作れって言ったそうじゃねえか。あの馬鹿組長、自分の器量を考えろってんだ。そのうち身内から寝首かかれるぞ」

山田が肩を揺すって笑った。

早田の親分に関して、純平はいい評判を聞いたことがなかった。みなが口を揃えて言うのは「せこい」「小心者」だった。純平とは身分がちがい過ぎるので、深く考えたことはない。好きとか嫌いとかの感想もない。親分は親分だ。

「そうそう、用件だ」山田が身を乗り出した。「頼みごとってえのはな、ゴールデン街に『ホワイト』ってスナックがあるんだが、そこの千春《ちはる》ってママにこれを渡してきてくれ」ポケットから茶封筒を取り出し、テーブルに置いた。一見するとお金に思える。「いいか。中は見るんじゃねえぞ」凄むでもなく普通に言った。

「はあ……」

「そろそろ開店の仕込みをしてる時間だろうから、そこへ行って、新宿署の山田さんからですって渡せばいい。それだけだ」

純平は気づかれないようにため息をついた。きっと山田の愛人だ。中身は〝お手当て〟だろう。公務員のくせにとんでもない男である。

「なんで自分で行かないんですか」

「なんだ、おれの頼みは聞けねえってえのか」山田がにらみつけた。

「そうじゃないですけど、事情を知らないで行くと、何かあったとき困るっていうか……」

「何もねえよ」山田がまたソファにふんぞり返る。頭のうしろで腕を組むと、日が差すその場所で大きなあくびをした。「たいした事情じゃねえ。おめえは小僧だから本当のことを教えてやるが、おれは署内で結構敵が多いんだよ。とくに生活安全課《セイアン》と刑事課《ケイジ》はいろいろ因縁があってな。山田を刺すって公言してる野郎もいるくらいだ。つい先週も、ガサ入れした歌舞伎町のカジノバーが空振りに終わって、どこから情報が漏れたって大騒ぎして、四係の山田じゃねえかっておれを疑いやがる。いくらおれでも、よその課のガサ入れまで知るわけがねえだろう。まったく馬鹿は理屈が通じねえから手に負えねえ。でもって監察におれ様の行状《ぎょうじょう》をあれこれチクリやがって、ここ何日かうしろが寒くてしかたがねえ。そのための用心だ。おれが行く先々で、嗅《か》ぎまわってる連中がいるんだよ。わかったか」

「はあ、わかりました……」

純平はコーヒーをすすり、小さくうなずいた。こんな最低の刑事より、気がかりなのは礒江組にさらわれたジイサンである。助けに行くべきか、放っておくべきか……。

「じゃあ頼むわ。傷害一回くらいならチャラにしてやっからよ」

山田がテーブルのナプキンにゴールデン街の地図を描いた。丼という字に近いあまりの略し方に言葉も出なかった。

「留守ならポストに放り込んでくれればいいからな」

「はい」

純平は封筒を手に取るとスカジャンのポケットにしまい、軽く会釈をして喫茶店をあとにした。街を歩く。

櫛を取り出し、髪をオールバックに戻した。礒江組が探し回っているので、普段とはちがう緊張感があったが、同時に開き直る気持ちもあった。二日後に待っている出来事に比べれば、すべてはままごとのようなものだ。

空はそろそろ夕暮れの準備をしていた。ビルの窓に映る太陽が、路地までもオレンジ色に染め上げている。

純平にとって新宿ゴールデン街はあまり馴染《なじ》みのないエリアだった。縄張りでないし、大学出が小難しいことを議論していそうな印象があり、逆の意味で敷居が高かった。貧乏臭いのも嫌いだ。

山田の描いた地図はまったくあてにならず、路地を何度も行ったり来たりして、やっと「ホワイト」の看板を見つけた。ドアは開けっ放しで、中に人がいる。煮物の温かい匂いが外まで流れてきた。

目を凝らしてのぞき込むと、カウンターの向こうで年増の女が台所仕事をしていた。五十代だろうか。よくわからないし、知りたくもない。二十一歳の純平にとって、三十以上の女は全員ババアだ。

人の気配に気づいて女が振り返った。頭にヘアカーラーを巻いている。すっぴんなので眉毛がない。

「ごめんよ。ここに千春って人はいるかい」純平が聞いた。

「千春はあたしだけどね。あんた誰だい」女が答える。

純平は拍子抜けした。愛人への〝お手当て〟ではなさそうだ。いくら山田でも、まさかこんな年増にまで手は出すまい。

「新宿署の山田の旦那から預かりモンだけどね」

封筒を手に持ち、ひらひらと振った。

「山田？」山田の名前を聞き、女が顔をしかめた。「どうして本人が来ない」

「さあね。いろんな事情があるんじゃねえのか。おれの知ったことじゃねえよ」

「あんた、どこの若い衆だい」

「おれは、早田組は北島の舎弟で、坂本ってえんだ」

「ふん。山田はやーさんを使いによこすのかい。まったく変わった刑事だね」

「とにかく、おれはただの使いだ。確かに渡したぜ」

純平がカウンターに封筒を置く。女は中身を見ることもなく、それを手に取り、椅子に乗って神棚に置き、仏頂面のまま小さく手を合わせた。

いったい山田とこの女はどういう関係なのか。

「坂本君っていったね。里芋が炊けたからちょっと味見してくれる。歳をとるとなんでも薄味でね。若いお客さんの好みがちっともわからないのよ」

小皿に里芋とイカの煮物が盛られて出てきた。面倒臭かったが、爪楊枝で刺して食べた。普通の家庭の味だった。

「いいんじゃないの。おいしいよ」

「そう、ありがとう」

頼みもしないのにお茶をいれている。

「ああ、おれはもう帰るよ。構わないでくれ」

「お茶ぐらい飲んでってって」

強引に引き止められた。仕方なくスツールに腰を下ろす。

「あんたも、山田の情報屋?」女がそんなことを聞いた。

「情報屋? ちがうよ。おれはただの顔見知りで、たまたま風林会館の近くで山田の旦那と出くわして、そこで頼みごとをされただけよ」

「あら、そう」女がまじまじと純平の顔を見つめた。「あんた、若いね。いくつだい」

「二十一」

「へえー。うちの倅《せがれ》と変わらないね。うちのは二十三。先月、誕生日だったよ。山田のおかげで、刑務所の中でのバースデイだったけどね」

「何よ。ママさんの息子は今お勤めかい」

「なんだ。何も知らないで来てんだね」

「だから言ったろう。ただの使いだって」

純平はたばこに火をつけ、薄暗い店内を見回した。七人も入れば満員の狭いバーだ。壁には古い洋画のポスターが貼ってあった。《大人は判ってくれない》だと。甘ったれるなと言いたくなった。

携帯が鳴った。見ると加奈からのメールだった。またかよと純平は顔をしかめ、それを開いた。

《ヤッホー。純平君、何してる？ わたしと理沙はコマ劇場前で晩御飯を奢ってくれそうなおじさんを物色中。今夜の目標はイタリアン。熱々のピッツァが食べたいぜー。ところで、さっき純平が送ってくれたメールを貼り付けたらレスがもっと増えたよ。見てごらん》

馬鹿野郎、余計な真似を。口の中で毒づいた。さっき送ったメールは《おれは迷ってな

の入れ甲斐があるだろう。それは茶々んかいねえぞ。男になるんだ。女のおめえにはわからねえよ》という文面だ。それは茶々

の入れ甲斐があるだろう。

また掲示板にアクセスしてしまった。

《#78 いよっ。健さん。成りきってますね。その調子で刑務所に行ってください。ちゃんと殺してね。ダニ同士なんだから。by名無し》

いったいこういう書き込みをする輩《やから》はどういう人間なのか。一度でいいから突き止めて、締め上げてやりたいものである。どうせ気の小さい男で、泣いて謝るに決まっている。

《#79 オッス。自分はさっきもメールした元極道です。純平殿はハジキを使用するつもりですか？ もし初めてのハジキだったら試し撃ちは必ずすべきです。模造銃だと弾が出ないなんてざらです。自分の先輩が対立相手のタマを獲りに行って、弾が出なくて逆にやられたことがあります。byトラック野郎一番星》

なるほど、有益な情報もあった。あの拳銃は確かに模造銃だ。一度どこかで試し撃ちをしたほうがよさそうだ。純平はボールペンで手の甲に「ためしうち」と書いた。

《#80 純平君、しばし冷静に。ヒットマンなんてやめたほうがいいんじゃない？ 引き換えにするものがあまりにも大き過ぎるよ。これから十年以上、恋愛出来ないんだよ。今好きな子いる？ 確実にほかの男のものになっちゃうよ。byバラ色の乙女》

カオリの顔が浮かんだ。未練はある。しかし、現状で自分の手に入る女ではない。自分はただのチンピラなのだ。

「坂本君、これ食べなさい」

顔を上げたら、ソース焼きそばが湯気を立てていた。

「若いんだから、おやつ代わりに丁度いいでしょう」

女が微笑んでいる。世話好きのおばさんなのだろう。香ばしい匂いが鼻をくすぐった。

「悪いね。いただくわ」純平は割り箸を手にし、大口で焼きそばをすすった。「おばさん、さっき、おれのこと、山田の情報屋かって聞いただろう。あれ、どういうこと?」

気になっていたので聞いてみた。

「わたしの倅がそうだったのよ。月にいくらかのお金と、ハルシオンっていうの、そういう睡眠薬の横流しを見逃してもらうことを見返りに、歌舞伎町で起きてる裏の情報を山田に教えていたのさ。それが、薬の件で新宿署に逮捕だもんねえ。山田も申し訳なさそうにしてたけど、課がちがうからしょうがねえんだ、なんて言い訳されても、こっちは納得できるわけがないじゃない」

ああ、さっき山田が言ってたことかと、純平は納得した。違法薬物を取り締まるのは生活安全課で、刑事課とはテリトリーがちがう。

「倅に面会に行って訳を聞いたら、山田のやつ、強引な刑事だから、新宿署でいろんな部署から恨まれてて、その見せしめで協力者の自分がパクられたんだろうって。まったく頭に来ちゃう」女は、自分の息子と同年代の純平を相手に話すのが楽しいのか、一人でしゃべり続けた。「警察なんか本当に信用できないよ。言うことを聞かなきゃ逮捕するって脅して、言うことを聞いても、ほかのやつらが出てきて逮捕だからね。ひどい話さ。まあ、山田も少しは悪いと思ったのか、毎月の報酬だけは倅が刑務所に入っている間でも払うって、こうやって届けてはくれるんだけどね」

「おっと。さっき渡したの、そういう金なのかよ」

純平は意外に思った。山田にも少しは人の血が通っているということか。

「ああ、そう。月に五万。わたしは受け取りたくなかったけど、息子さんが出てきたとき、少しは蓄えがあったほうがいいだろうって、山田が言うもんだから。どうせ、やくざとか怪しげな飲食店からたかった金だろうし、じゃあ遠慮なくもらおうかと思ってね」

山田を砂粒ぐらいは見直した。

「もっとも、うちの倅も悪かったからしょうがないんだけどね。あたしが早いうちに離婚して、ちゃんと見てやれなかったもんだから、中学のときにグレちゃってね。新宿育ちだから遊び場には困らないし、わたしが夜の仕事だから監視の目もないし。気がついたらいつぱしの遊び人気取りで、何度も警察の厄介になって――」

純平が焼きそばを食べ終える。「もっと何か食べるかい」と女が聞くので、「いや、もう充分。ごちそうさん」と片手拝みをして断った。

「子供がグレるのは親の責任だね。もう少し構ってやればよかったって、五十になって後悔してる。坂本君、あんた、親はどうしてるんだい？」

「さあね。物心ついたときには親父はいなかったし、お袋は男出入りが激しくて、おれを施設に預けたりしてたしな。ろくなもんじゃなかったよ」

「あら、そう。大変だったね」女が表情を曇らせた。「おかあさんとは会ってるの？」

「いいや。二年ぐらいはご無沙汰かな」

「故郷はどこなのさ」

「埼玉の東松山だけど」

「だったら会いに行きなさいよ。明日の日曜日にでも」

「冗談じゃねえよ。そんな暇あるかい。それに知らねえんだよ。居場所を」

「知らないことはないでしょう。地元なんだから、人に聞くとか、捜せば見つかるわよ」

「じゃあ、そのうちな」

「おかあさん、あんたに会いたがってると思う」

女が自信満々の口調で言った。

「あのな、うちの親はそういうのとちがうんだよ」

「ちがわない。母親は誰も同じ。自分のおなかを痛めた子供とどうして会いたがらない」

純平は言い返すのをやめた。どうせ理解されない。世の中には母性のない女だっているのだ。

純平は立ち上がり、辞去することにした。

「じゃあな。焼きそば、おいしかったよ。ありがとな」

「あんた、またおいで。開店時間の前に来たら、また何かごちそうしてあげるよ」

「ああ、そうするわ」

答えていて、おかしさが込み上げた。これから刑務所に行こうという人間が、どうして人と出会ってばかりいるのか。

店を出た。さてと、西尾のジイサンだが、どうしたものか。まさか殺されはしないと思うが、黙って帰されるはずもない——。

思案しながら路地を歩いていると、目の前に影が降りかかった。顔を上げると目つきの悪い男が二人いた。一人はブルゾンを着ていた。もう一人は薄いサングラスをかけている。

礒江組がいよいよ来たか。純平は身構えた。突進するか、うしろに逃げるか。捕まればリンチだ。

「おい、ニイチャン。さっきの店は何の用事だった」ブルゾンのほうが言った。

「あ？　そんなことてめえらに関係あるか」

「どこのチンピラか知らねえが、生意気言いやがるとしょっ引くぞ」今度はサングラスが低い声で凄んだ。

警察だった。山田の言葉を思い出した。自分は署内で目を付けられている、そんなことを言っていた。

「ニイチャン、どこの若い衆だ。言ってみ」

「言いたかねえな。それより人にモノを訊ねるときは、自分から名乗るのが礼儀とちがうのかい」

礒江組ではなかった安堵《あんど》から、純平はつい言い返してしまった。

「粋がるな。てめえ、さっき歌舞伎町の喫茶店で、刑事から封筒を預かっただろう。あれは何だ。正直に言え」ブルゾンが一歩前に出る。

「おう。言ったら勘弁してやるぞ」サングラスがうしろに回り挟み撃ちにされた。

山田には何の借りもなかったが、正直に言うのが癪《しやく》だった。言ったら「ホワイト」のママにも累《るい》が及ぶ。

「おい、面倒をかけるな」ブルゾンが顔を寄せていった。

「何の話かおれにはわからないね」

「もう一回聞くぞ。どこの若い衆だ」胸倉をつかまれる。「ほら、言ってみ」ビンタをはられた。

「礒江組だよ」

純平は咄嗟に偽った。これでどうなるか予想もつかないが、正直に名乗るやつは馬鹿だ。

「ほう、礒江組か。で、さっきの刑事から何を預かった」

「小遣いだよ。おれは山田さんの情報屋だ。デカならみんな抱えてんだろ？　悪いかよ」

「さっきの店には何しに行った」

「ツケを払いにだよ。あるうちに払っておかねえとな。もういいだろう。おれは帰《けえ》るぞ」

「気に食わねえな。てめえ、山田の後ろ楯があるからって、いい気になってねえか。口の利き方、教えてやろうか」

「いやあ、遠慮しときますよ」

「それが気に食わねえんだよ」

ブルゾンがそう言ってサングラスに目配せした。純平に顔を近づける。そのときサングラスにいきなり背中を押された。前につんのめり、ブルゾンの鼻に額が当たった。

「てめえ、この野郎。何しやがる」ブルゾンが鼻を押さえてうずくまる。

「公務執行妨害、暴行傷害の現行犯。逮捕する！」サングラスが声を荒らげた。

「いや、ちょっと、それは……」

純平は呆気《あっけ》にとられた。警察の手口はいろいろ知っていたが、こういうのは初めてだ。

「おい、小僧。しばらくブタ箱に入るか！」

「いや、勘弁してくれよ。おれは何もしてねえだろう」

「おれはな、その口の利き方を改めろって言ってんだ」

ブルゾンが立ち上がり、パンチを繰り出した。純平の顔面に当たる。うしろに倒れると、サングラスに抱きかかえられ、羽交い締めにされた。

「おい、顔はやめておけ。ボディだ、ボディ」

どこかで聞いた台詞だと思う間もなく、ボディブローが入った。さっき食べた里芋と焼きそばが弾かれたように口から飛び出る。

「汚ねえな。あとで掃除しておけよ」

もう一発、今度はみぞおちに入った。呼吸が出来なくなり、地面に崩れ落ちた。

「おまえ、山田なんかと付き合ってるとろくなことはねえぞ。あいつはいずれ刺されるからな」ブルゾンの声が頭の上から降りかかる。

「なんなら山田にチクッてもいいぞ。新宿署のセイアンにやられましたって」サングラスはそう言って純平を足蹴にした。

「ああ、いい運動しちまったよ。おまえ、礒江組だったな。じゃあ礒江のシマの店で、礒江のツケでビールでも飲むか。わはは」二人で声を上げて笑っている。

純平は胃液を吐き出しながら、歯を食いしばった。自分がアウトローだと思い知るのは、警察から虫けら同然の扱いを受けたときだ。悔しくても、仕返しが出来ない。

二人の男が去っていく。じっとうずくまったままでいた。路地裏の店のドアが開き、中から中年のオカマが、「坊や、大丈夫?」と聞いてきた。

「坊やじゃねえよ」

「何よ、心配してあげたのに」バタンとドアが閉まる。

携帯が鳴った。画面を見る。北島からだった。あわてて立ち上がり、背筋を伸ばした。

「はい、純平です」元気な声を取り繕う。

「おう、おれだ。待たせたな。今帰ってきた。おまえ、どこにいる」

「ゴールデン街です」

「変わった所にいやがんな。よし。伊勢丹《いせたん》メンズ館の八階にカフェがあるんだ。そこに来い」

「わかりました。三分で行きます」

電話を切り、呼吸を整えた。兄貴の前で無様な姿は見せられない。

駆け足で靖国通りに向かった。二日間会っていないだけなのに、懐かしい思いがした。

ひどい目に遭ったばかりだが、今は北島の顔を見れば、少しは勇気づけられる気がする。

9

伊勢丹には初めて足を踏み入れた。歌舞伎町とは道を挟んだ隣同士だが、純平には敷居が高くて、近づこうという気も起きなかった。店員に声をかけられただけで緊張してしまいそうだ。ただ、一度入ってみたかったので、いい機会である。

北島に指定されたカフェは、高級ホテルのラウンジを思わせる内装で、歌舞伎町の喫茶店なら二十はテーブルを入れるスペースに十程度を並べただけのゆったりとした空間だった。中央の四人がけテーブルに、北島がくつろいだ様子で座っていた。

「よお、ご苦労さん」軽く手を上げて微笑む。そんな仕草がなんともサマになっていた。

「今日は土曜日だから、歌舞伎町の喫茶店はどこもうるさいだろうと思ってな。ここは穴場だ。兄貴衆には教えるな」

こういう場所で見る北島は、極道の空気を見事に消していた。少し派手な実業家といったところか。恐がらせるばかりが極道ではないと、わかってはいるが、純平にはあと十年はかかりそうな芸当である。

「なんだ、おまえ、その面は。喧嘩か」

北島が純平の顔をのぞき込み、眉を寄せた。

「あ、いや。ちょっと……」純平は言葉を濁《にご》した。一昨日、今日とパンチを浴びている。痣だけはごまかせない。

「面倒な話か」

「いいえ。街で同業と遣り合いました。三倍殴って追い払いました」

「そうか。じゃあいい。若いんだから、それくらいは仕方がねえよな」

白い歯を見せてチャーミングに笑った。この笑顔に、みんなやられてしまう。やくざは強面《こわもて》だけではのしていけないと、北島を見るたびに思った。

純平も北島に倣《なら》ってエスプレッソを頼んだ。実のところもう何も飲みたくないのだが、物珍しさで注文した。

「今、ねぐらはどこに確保してんだ」北島が聞いた。

「カプセルホテルです」

「はあ？　おめえ、親父からはいくらもらった」

「三十万です」

「コレの代金も含めてか」指で拳銃を形作る。

「そうです」

「マジかよ」北島が顔をしかめた。「うちの親父もなあ……」椅子に深くもたれ、天井を仰ぐ。そして内ポケットから財布を取り出すと、「ハダカで悪いんだが」と十万円の束をふたつ抜き、テーブルに置いた。

「いや、そんなにもらっても……」

「使うんだよ。今日と明日のうちに。京王プラザに部屋取って、吉原の一番高いソープに行って、銀座の寿司屋に行って――」

「寿司は今日の昼に食いました」

「どこで」

「歌舞伎町の回転寿司です」

「馬鹿だな、てめえは。娑婆であと何回の食事だ。もうつまんねえもんは口に入れるな」

「はい」

北島に顎でしゃくられ、純平は二十万円をポケットにねじ込んだ。

「早くしまえ」

「電話でも話したが、この件、おれは納得がいかねえな」

北島がため息をつく。たばこをくわえ、急いでライターを取り出そうとする純平を制し、自分で火をつけた。

「要するに親父の点数稼ぎじゃねえか」

純平は黙って聞いていた。上には上の事情がある。下っ端に発言権はない。

「五月に本家で襲名披露があったんだが、直参《じきさん》の組長の中で、うちの親父がいちばん末席だったんだな。親父のやつ、それがよほど悔しかったらしくて、なんとか席順を上げたいんだが、うちみてえな小さな組じゃあ、上納金はしれてるし、大きなシノギをやるにゃあ人材も足りねえし。となりゃあ、手っ取り早いのは人柱を差し出すことだ。それがおめえだ。まったく短絡的というか、工夫がねえっていうか。こんなんじゃ、早田組も先が暗いな。おれは昨日から考え込んじまってな」

北島が憂鬱そうに言葉を連ねる。純平は一家名乗りについて聞いてみたかった。兄貴はいつ独立するんですか――。しかし舎弟ごときが言うことではない。

「あのう、おれ、親分のことはともかく、兄貴の舎弟なんで、兄貴が行って来いって言うなら、よろこんで行きます」

「ふん。おめえは可愛いやつだ」北島が口の端を持ち上げた。「いくら初犯でも十年は喰らうぞ。仮釈放までは早くて六年か七年だ。おめえ、それでもいいのか」

「いいも何も、兄貴の命令ならおれは命だって捨てます」

北島が押し黙った。顔を赤くし、目尻を痙攣《けいれん》させた。生唾を飲み込み、感情を抑えるように荒く息を吐いた。

何か怒らせることを言ってしまったのだろうか。純平が戸惑う。

「おれはな」北島が口を開いた。「何があってもおまえを見捨てねえぞ。一生おめえの兄貴分で居続ける。そりゃあ、ときには無理も言う。拳骨も振り下ろす。でもな、おれはおめえが好きなんだ。血のつながった肉親よりも、ずっとずっと強い絆で結ばれた兄弟なんだ。わかるか」

大きく身を乗り出し、鼻の穴を広げて言った。だんだん声のボリュームが上がる。周囲の客が何事かと視線を向けた。

「親父を許してやってくれ。この世界、どんなに無茶でも親は親なんだ。極道になると決めたときから、おれらはそういう理不尽を覚悟しなきゃならねえ運命なんだ。約束する。

おめえが勤めてる間に、おれはちゃんと一家を構え、組を大きくして、おめえが出てきたときには若頭で迎え入れてやる。おめえには絶対に肩身の狭い思いはさせねえ」

隣のテーブルのカップルが顔を強張らせ、そそくさと席を立った。壁際でも何組かが帰り支度を始める。もはや店内の誰もが、純平と北島をやくざだと認識していた。

ウェイターが緊張の面持ちで駆け寄ってきて、「お客様、お声のほうを」とささやく。

北島は相手にせず話を続けた。もはやその声は売り場にまで響いている。

「おれは素っ晴らしい舎弟を持った。坂本純平はおれにとって、もはや家族以上の存在だ。おめえの痛みはおれの痛みだ。おめえがうれしきゃおれもうれしい。おれたちはこれで真の兄弟分だ」

「すいません。もう少しお静かに」

「おい。てめえ、何かに感動したことあるか」

北島がウェイターに向かって大声を発した。

「いえ、あの……」

「声を張り上げずにいられないほど感動したことはあるのかって聞いてんだ」

「ほかにお客様もいらっしゃいますので……」

「馬鹿野郎。そうやって体裁を取り繕って、羊みてえに群れて、頭下げてばかりいて、言いたいことも言えず、ときには死んだ振りして、それで生きてる実感あんのかよ。おれはあるぞ。今がそうだ。ここにいる弟分が、おれのためなら命を捨ててもいいって言ってくれた。こういうことじゃねえのか。生きてる値打ちって。おれたちはやくざだが、死んだ振りだけはしねえ。いつだって血を流す。意地があんだよ、意地が。てめえも、男なら意地を見せてみろ」

店内は北島の独壇場だった。客たちは怯えた目で、ひたすら累が及ばないよう身をかがめている。

そこへ制服姿の警備員が二名やってきた。店側が出動を要請したようだ。体格のいい若い男が、テーブルの前に立った。

「なんだ、てめえらは！」北島が吠えた。

純平は黙って見ているわけにはいかず、椅子から立ち上がって警備員と対峙した。喧嘩の態勢でにらみつける。向こうは顔を強張らせ、怯《ひる》んだ。それはそうだ。ただの雇われガードマンに過ぎない。

蝶ネクタイをしたマネージャーらしき男が新たに出てきて、「申し訳ございません。ご退出願えませんか」と声を震わせて言った。

「帰るよ。帰るけどな、こいつらは何だ。客を見下ろしやがって。てめえらどこのモンだ。

新宿ででけえ面してやがると、警備会社でもただじゃおかねえぞ！」

北島が立ち上がり、首に青筋を立てて怒鳴った。店内がますます緊迫する。

マネージャーが警備員の袖を引っ張り、一旦店から出るように指示した。そして北島に向き直り、再び腰を折る。

「お勘定は結構でございますから……」

北島が一呼吸置いた。肩の力を抜き、周囲を見回す。

「馬鹿言っちゃいけねえ。ちゃんと払うよ。悪かったな、大きな声出して。ちょっと泣けることがあってな。感情を抑えられなかったんだ」

一転して声を和らげた。こういう芸当が出来るのが北島の真骨頂だった。大声でわめき散らしながらも、相手の反応をちゃんと見て、引き時を考えているのだ。

「さあ、純平。帰るぞ。おめえは周りのお客さんに謝ってこい。兄貴が迷惑かけたんだ。弟分なら当たり前だろう」

北島に命じられ、純平は店内を一周して各テーブルに頭を下げた。「すいませんでした」丁寧に言うと、客たちは恐々《こわごわ》頷いた。

北島がレジで会計を済ませる。「釣りはいらねえ」と一万円札を置き、また店を困らせていた。

「また来させてくれ。おれはこの店が気に入ってんだ。もう騒がねえよ」

支配人の肩をたたく。完全に役者がちがうといった感じだった。

伊勢丹を出て、靖国通りを歩いた。

「おれはこれからサウナに行って、マッサージでも受けてくる。純平、おめえはどうするんだ」

「お供します」

「馬鹿言え。残りの時間をおれなんかに使うな。京王プラザに部屋取って、好きな女でも呼んで、ゆっくり過ごせ」

北島は純平の胸を小突くと、踵を返し、横断歩道を渡った。うしろ姿が恰好良くて、人ごみに消えるまで眺めていた。

温かい気持ちになった。兄貴に会えてよかった。もしも会えないまま決行のときを迎えたら、自分は怖気《おじけ》づいていたかもしれない。

純平はその場で深く息を吸い込んだ。太陽が西の空に沈みかけている。

そうだ、西尾のジイサンだ——。

思い出したが、どうしていいかわからない。

10

北島から小遣いを二十万円もらったので、純平はとりあえずねぐらを替えることにした。カプセルホテルであと二晩泊まるのは、娑婆での最後の過ごし方としてはあまりにも侘《わび》しい。大きなベッドで、手足を充分に伸ばして眠りたい。高いところから新宿の夜景も見てみたい。

純平はカプセルホテルを引き払い、目についた洋品店で小ぶりのリュックを買い、荷物をそれに詰め込んだ。拳銃は一番下に忍ばせた。

その足で歌舞伎町の新宿プリンスホテルに向かった。北島は京王プラザに泊まれと言っていたが、西口の高層ビル街は、エリートビジネスマンとOLの街という印象があり、純平には敷居が高かった。まったく敷居の高い場所だらけだ。スーツ姿の会社員に一瞥《いちべつ》されただけで、劣等感の反動から因縁をつけてしまいそうだ。

プリンスホテルのロビーには中国人のツアー客が溜まっていた。海鳥の鳴き声のような中国語が渦巻く中、カウンターで部屋は空いているかと聞いた。

「申し訳ありません。土曜日ですので、すべて満室となっております」

係の女が慇懃《いんぎん》に微笑んで答える。その目には警戒の色があった。目の前の若い男の人相風体を見て、体よく断ろうとしているのだ。

「全館満室ってこたあねえだろう。空いてりゃあ何でもいいよ」

純平はできるだけ態度を和らげた。サングラスも外した。

係員が「しばらくお待ちください」と言い、パソコンのキーを叩いた。

「スイートルームならご用意できますが、どういたしましょうか」

「いくらだい？」

「一泊八万円になります」

ほうらおまえには無理だろう、と係員の顔に書いてある。

「ああ、いいよ。それで頼むわ」

表情を変えずに即答した。

「お支払いはカードですか」

「いや、現金」

「それですと、お預かり金が一泊十万円になりますが」

「いいよ。二泊分払う」

純平が財布を取り出す。男前が上がったような快感があった。係員の態度も変わった。すべて気のせいかもしれないが、少なくとも自分は自信満々だ。金の威力に感服した。同時に、やはり持つべきは気前のいい兄貴分だと思った。この経験は、刑務所に入ってからも、自慢の種になりそうだ。

ふかふかの絨毯《じゅうたん》を歩き、二十四階の部屋まで案内された。生まれて初めてスイートルームに入る。応接間と寝室が分かれているので驚いた。きっとこのホテルで一番の部屋だ。最新の薄型テレビがある。ベッドは一家四人が寝られるほど特大だ。ルーム係がカーテンを開けた。係の説明を、慣れたふうを装って聞き、純平は内心の興奮を必死に抑えた。窓からの眺めが凄いのだ。すぐ目の前に、新宿副都心の夜景が広がっている。

「それではごゆっくり」

ルーム係が退室するのを見届け、純平はベッドにダイヴした。「いやっほー」思わず声を上げた。自分の人生にもこういう日が訪れた。母と暮らしたアパートで、養護施設で、組の事務所で、ずっと体を丸めて寝てきた。汗とカビの臭いに鼻が慣れてしまっていた。それが今夜はスイートルームだ。このだだっ広い空間を独り占めできる。

今度は起き上がり、窓の前に立った。新宿の高層ビルなど毎日眺めているはずなのに、高層階から望む光景は圧倒的だった。しかも夜景だ。宝石箱とはよく言ったものだ。金が取れるはずである。

椅子を持ってきて腰掛け、二十分ぐらい眺めていたが、まったく飽きることはなかった。たぶん一晩中でもこうしていられるだろう。

せっかくだから誰かに自慢したくなった。いちばん見せたいのはカオリだが、携帯の番号を知らないし、第一仕事の最中だ。ゆうべ知り合った加奈を呼ぼうかと思ったが、この部屋を見たら居座るに決まっているのでやめにした。二晩続けて抱くほどの玉ではないし、あのよくしゃべる女の話し相手になるのも面倒臭い。

オカマのゴローの顔も浮かんだ。携帯の番号はわかっている。けれど呼んだら誤解されそうだ。寝ている間に股間をいじられでもしたら、とんだ娑婆の土産だ。

西尾のジイサンの一件は、頭の中にあるにはあるのだが、なんとなくどうでもよくなった。まさか年寄りを殺したりはしないだろうし、腕の一本ぐらい折られたとしても、あの老人にはいい経験であるような気がする。だいたいグレてみたいなどという動機がふざけているのだ。

携帯電話が鳴った。発信元に「シンヤ」という文字がある。そんな名前の知り合いはおらず、誰だか思い出せなかった。

出ると、「坂本純平君?」と遠慮気味の声が聞こえた。

「そうだけど」純平が答える。

「おれ、鬼島組の信也やけど、憶えとるか。何日か前、土建屋の債権取り立てで兄貴同士、ぶつかりよったやろ。あんときの清和会鬼島組の若いモンや」

「ああ、憶えてるよ」

純平はすぐに思い出し、声のトーンを上げた。五分刈りの同年代の男と、携帯電話の番号とアドレスを交換した。

「あんた、今夜は忙しいんか」信也が言った。

「いいや、とくにやることはねえんだけど」

「そやったら一緒に飯でも食わんか。おれ、歌舞伎町でいっぺん遊んでみたくてな。案内してくれんか」

「なんだよ。おめえ、おのぼりさんかよ」

「しゃあねえやろう。十八で奈良から先輩を頼って出てきて以来、ずっと錦糸町のテキ屋やで。新宿も渋谷も縁なんかあるかい。明日の日曜、新型インフルエンザとやらで栃木の祭りが中止になってしもうたんや。そうなりゃあおれらは出番なしや。急に休みがもらえたさかい、錦糸町におるのもなんかもったいのうてな。そこであんたを思い出したちゅうわけや」

信也が関西弁で朗々としゃべる。人懐こい口調に、純平もなんだか会いたくなった。

「ああ、いいよ。じゃあ飯でも食うか。奢ってやるよ」

「ホンマか？」いっそう声が華やぐ。「兄貴って呼んでもええですか」と言うので、声を上げて笑ってしまった。

純平はプリンスホテルの場所と部屋番号を教え、部屋まで来るよう言った。

「雪駄《せった》で来るなよ」

「任しとけて」明るく返事をした。

テキ屋がスイートルームに目を丸くするのを見てみたい。

信也が来るまでの間、風呂に入ることにした。人ひとりが暮らせそうな広さのバスルームだ。備品にバスジェルがあったので、浴槽に泡を立てることにした。一度やってみたかったのだ。綿菓子のように白い泡がふくらんだバスタブに、ゆったりと横たわる。全身の力が抜けた。

誰にも気兼ねする必要がないので、Ｊポップを何曲か歌った。普段、組事務所では鼻歌も許されず、カラオケに行く暇もない。そのぶん大声で歌った。

娑婆もあと二晩だ。悔いなく過ごしたい。刑務所の中で、辛さを忘れられるような思い出を作っておきたい。

純平は長湯をした。考えてみれば、これも生まれて初めてのことだった。

信也は一時間後にやってきた。ジャケットを着て、シャツのボタンを三つほど外していた。ずいぶん気張ってお洒落《しゃれ》をしてきたようだ。部屋に一歩足を踏み入れるなり、絶句して立ち止まり、「ええんか、入って」と眉を寄せて言った。

「そりゃいいさ。こっちは客なんだ」

「そうやのうて、あんた、留守番なんやろ？　親分に叱られんか」

どうやら信也は、この部屋を借りたのは親分で、純平は留守番をさせられていると思ったらしい。

「おれが借りたんだよ。今日と明日の二泊」

「うそやん」今度は目を丸くした。早足で窓際まで進む。夜景を前にして「ひえーっ」と奇声を発した。

「ここ、いくらや」

「一泊八万」

「ひえーっ」

「二泊分の前金が二十万」

「ひえーっ」

「おまえ、ほかに何とか言えねえのか」

「なんでや。あんた、競馬でも当てたんか」

「ちがうよ。ちょっと訳があって、兄貴から小遣いをもらったんだよ。それでいっぺんこういう贅沢でもしてやろうかと思ってな」

「ふうん。しかし、一泊八万とはなあ……。おれなら貯金するかなあ……」

「江戸っ子は宵越しの金は持たねえんだよ」

「あんた、東京生まれか」

「いや、埼玉だけど」

せっかくなので互いに簡単な自己紹介をすると、二人は同い年であることがわかった。名前で呼び合うことにする。親が離婚していること、高校中退で少年院の経験があることなど、何から何まで似ていた。

信也は窓の前から動こうとしなかった。それはそうだ。自分だってさっきまでずっと夜景に見とれていた。

「さてと、何を食おうか。腹減ったな」

「焼肉なんかどうや」

「ゆうべ食った」

「じゃあ寿司は」

「昼に食った」

「あんた、どういう贅沢な暮らしをしとるんや。早田組ちゅうのはそんなに景気がええんか」信也が呆れたように言う。「ええなあ。歌舞伎町のやくざは。おれは失敗した。テキ屋なんか結局は屋台引きや。大きなシノギはないし、派手な見せ場もあらへん。そのくせしきたりにはうるそうて、なにかっちゅうと盃の儀や。女にモテんはずや」

「コレはいねえのか」純平が小指を立てて聞いた。

「おるけどブスや。明日もデートしたらなあかんねん。で、何を食うんや。おれは外食っていったら焼肉か寿司しか思いつかん」

「じゃあ焼肉にするか。肉なら毎晩でも飽きねえしな」

「ほなら行こや。おれ、カルビを腹一杯食いてえわ」

ジュッと脂が焦げる音を想像したら喉が鳴った。あと二回の夕飯だ。焼肉なら失敗はないし、毎晩だっていける。

純平は一人の晩餐にならなかったことがうれしかった。それに同い年のテキ屋は、なにやら愉快な男のようだ。

ホテルを出て歌舞伎町を歩き、目についた焼肉屋に入った。少し高級そうな外観だったが、純平は見栄を張りたくて、馴染みの店のような振りをして自動ドアをくぐった。「邪魔するよ。四人掛けのテーブルで頼めるかい」北島の口癖を真似て、店員に声をかける。賑わっている店内のいちばん奥のテーブルに案内され、まずはビールで乾杯した。

「あんた、おれと同い年なのに凄《すげ》えなあ。歌舞伎町を肩で風切って歩いて、ホテルのスイートルームに泊まって、高級焼肉の店に出入りして……。こっちはしけた焼き鳥屋でホッピー飲むのが関の山やで」

信也が羨望の眼差《まなざ》しで言った。

「今夜は特別さ。おれも部屋住みよ。兄貴衆にこき使われて、ゆっくり飯を食う暇もねえから、いつもは店屋物《てんやもの》かコンビニ弁当だぜ」

「それでも、こういうこともあるからええやないか。うちなんか兄貴がケチやから、小遣いゆうても中学生のお年玉やで。なあ、あんたの兄貴って、この前一緒やった人やろ。かっこええな。おれ、惚れ惚れして見とったわ」

「ああ、おれの自慢の兄貴よ。北島敬介っていってな、歌舞伎町で兄貴を知らなきゃモグりだな。おれも北島の舎弟ってことで、ずいぶん得してるよ。可愛がられたり、大目に見られたり。やっぱり兄貴は選ばねえとな」

「どうやって知り合ったんや」

「十九のとき、歌舞伎町でちょっとした喧嘩を起こして、その仲裁に入ったのが兄貴でな──」

純平は北島の舎弟になったいきさつを、自分の武勇伝を交えて信也に披露した。ただし半分は作り話だ。

「ええなあ。あんたは自分の道を歩いとる。おれなんか、男磨くつもりで上京してきたのに、磨いとるのは屋台の鉄板やで。週末ごとに地方へ行って、焼きそば焼いて、平日はパチンコで時間つぶしや。時間を無駄にしとると思うわ」

信也が愚痴をこぼす。その間に肉の皿が次々と運ばれ、二人は箸を止めることなく、肉を焼いては口に運んだ。

「信也はどうなりたいんだ」

「おれは大きな商売をしたいわ。不動産とか、株とか」

「じゃあ組を替えるしかないだろう」

「そうはいかんのや。テキ屋は一旦入ったら一生同じ一門ちゅうのが決まりなんや。せいぜい独立して、その上で副業を始めるしかあらへん」

「気の長い話だな」

「そやから後悔しとるんや。古い世界や。息が詰まってしょうないわ」

信也が大袈裟にため息をつく。ただこの男は根が明るいのか、愚痴も楽しそうだった。

カルビ、ハラミ、ホルモン、次々と皿を空けた。純平が北島の真似をして、マッコリをビールで割って飲むと、信也は「そういうことまでよう知っとるなあ」としきりに感心した。

「あんた、女たくさんおりそうやな」

「まあ、多少はな」

都合のいいことに昨夜アバンチュールがあったばかりなので、それを織り交ぜ、いかに自分が女に不自由していないかを話し、見栄を張った。

「うらやましいもんや」

「半分はお勤めよ。チャラチャラした女と遊んでてももう面白くねえな」

「余裕やなあ。こっちは彼女作るだけで四苦八苦や。おれの女な、出っ歯やねん。仲間から『おまえのマチャミ元気か』って言われて、恰好つかんわ」

信也の歯を剥く仕草に、純平は思わず吹き出しながら、関西人とはこうやって笑いを取るのかと感心した。

「土曜の夜やのに女と会わんでええんか」と信也。

「おれの女はダンサーなんだよ。だから今は仕事の最中だ」

純平はカオリを思い浮かべて言った。見栄の張りついでだ。

「恰好ええわあ。ダンサーやて。うちのマチャミは場末のスナックのホステスや。それも親子でやっとる店の娘やで」

「いいじゃねえか。庶民的で」

「その女のオカン、元極妻《ごくつま》で、紋々背負っとるんやけどな。太って肉が垂れてもうたさかい、背中の毘沙門《びしやもん》様が福笑いの顔になっとるんや。そんなもん娘の彼氏に見せるなっちゅうの」

純平は箸を落としそうなほど笑った。

マッコリを追加注文する。しめに冷麺も頼んだ。

酒が入り、身も心も気持ちよくなった。いつもは兄貴の呼び出しに備え、どこかで抑制しているが、今夜はまったくの自由だ。

「なあおい。おれの女、見に行くか。この近くのショーパブで踊ってんだけどよ」

純平が腕時計を見て言った。「白鳥と湖」はそろそろ二回目のショータイムだ。傍《はた》からステージだけ見ていればばれることはない。

「ええんか。行っても」

「おう。邪魔はできねえから、楽屋口から入って舞台袖で見るだけだけどな」

「行きたいわ。そういうとこ、いっぺんでいいから行きたいわ」

話が決まり、急いで冷麺をかき込んだ。「うめえ、うめえ」と信也がよろこぶので、奢るのが少しも惜しくなかった。

店を出て街を歩くと、歌舞伎町はこれからが本番で、あちこちから「純ちゃん」と女たちの声が飛んだ。その都度、信也が羨望の眼差しを向けてくれるので純平は気分がよかった。

「ねえ、ねえ、礒江組がさ――」と注進する女もいたが、気が大きくなっていたので、「わかってるよ」と耳を貸さなかった。

五分ほどで「白鳥と湖」に到着した。通用口から入ると、まさにステージの最中で、大音量のダンス音楽が鼓膜を震わせた。

勝手に店中に入り、事務室のマネージャーに断りの挨拶をした。

「ちょっとだけショーを見せてくれるかい。席はいらねえから。すぐに退散する」

「ビールぐらい飲んでいけば？」

マネージャーはテレビを見ながら出前のラーメンをすすっていた。

「いい、いい。もう飲んでんだ」

手で制して、カーテンの向こうのフロアに足を踏み入れた。すぐ隣がステージで、オカマのキャサリンが巨体を揺らし、ソロパフォーマンスを演じている最中だった。

「あれか。あんたの彼女は」信也が眉を寄せて言う。

「誰がやねん」純平は関西弁で応じてしまった。

土曜の夜だけあって店内は満席だった。壁際に移動して、邪魔にならないよう眺めた。次々とダンサーが登場し、華やかなショーを繰り広げる。

「こんな世界があるんやなあ」ステージの光を浴びて、信也はため息をついた。

カオリが出てきた。登場しただけで拍手が湧き起こる。もはやオーラを発しているように純平には見えた。燕尾服とタイツ姿でタップダンスを踏むと、女性客グループから「カオリちゃーん」と声援が飛んだ。カオリは完全にこの一座のスターだ。

純平が肘で信也をつつき、「あれだよ」と顎で差した。

「うそやん。めちゃええ女やんか」信也が目を丸くした。

カオリが恋人ならなあ――。叶わぬ想像をしながら、彼女の踊りに見とれていた。一晩だけでも恋人になってくれたなら、自分は心置きなく鉄砲玉になれる。しかし現実は、相手にもされていない。恐らく自分が刑務所に入っている間に、カオリは有名なミュージカル女優になり、手の届かない場所に行ってしまうのだろう。そして誰かのものになり、結婚し、子供を産むのだ。

「何から何まで、あんたはイケてるなあ」信也が陶然《とうぜん》としている。

いや、うそなんだ。おれみたいな野良犬に、夢を持って頑張っている女が惚れるわけがないだろう――。純平は心の中でつぶやいた。今はただ、カオリの姿を瞼に焼き付けておきたいだけだ。

結局、壁際に立ったまま最後まで見た。これが見納めになりそうだ。

「じゃあ、行こうか」

「彼女に会わんでええんか」

「いいんだ。見に来ると機嫌が悪いんだ」

「わかる、わかる。うちもそうや。店に行くと嫌がるわ」

カーテンをくぐって通用口に行くと、踊り終えて全身から湯気を発したキャサリンが待ち構えていた。

「純ちゃん。礒江組が来たわよ」

「こんなものを預かったけど」

キャサリンが封筒を差し出す。中をあらためると、紙切れが入っていた。

《客人は組事務所で預かっている。全部聞いた。示談にしてやるから早く引取りに来い。

儀江組若頭　水谷哲司》

小学生のようなつたない字で書かれた書面の下に、十字架に毛が生えたものにしか見えない地図が描いてあった。純平の周囲は地図も描けない人間だらけだ。

「なんか、迷惑をかけたみたい」キャサリンが心配顔で言った。

「関係ねえよ。全部こっちのことだ」

「北島さんに相談したら」

「馬鹿言うな。こんなレベルの低いことで兄貴の手を煩《わずら》わしちゃあ、おれの男がすたる」

「だって呼び出されてるんでしょ？」

「馬鹿正直に行きゃしねえよ」

純平はそう答えて鼻を鳴らした。西尾のジイサンには悪いが、助けるほどの義理はない。儀江組にとってもただの荷物だ。のこのこ出かける奴こそマヌケというものだ。

「なんかあったんか」信也が聞いた。

「ああ、そうかい」

「ちょっとよその組と揉めてな。でも、なんでもねえ」

「そういやあ、あんた、顔に痣あるな。喧嘩か」

「だから何でもねえよ」

手紙をたたんで尻のポケットに突っ込んだ。そこへカオリが出てきた。純平と目が合う。軽く手を上げ、「よう」と言った。カオリがぎこちない微笑を返して楽屋に消えていく。呆気ない対面だが、会えたというだけで純平は満足だった。信也も疑っている様子はない。


「白鳥と湖」を出て、どこかで飲むことにした。本当はホテルで夜景でも見ながらゆっくりしたいのだが、信也が夜の歌舞伎町に興味津々なので、北島の顔が利くスナックに連れて行った。

「ホステスもきれいやわあ」だらしなくヤニ下がっている。「錦糸町はヤンキーかフィリピン人や。ほんでもっておれの彼女や。同じ東京とは思えんぞ」

信也の口が止まることはなく、啖呵以外では口下手な純平にはいい飲み相手といえた。だいいち気が紛れていい。

店が混んでいたので、カウンターの隅に席を取り、ホステスは断った。

「こっちはいいから。商売に精を出してくれや」

北島の口真似をして言ったら、ママにクスッと笑われた。

北島のボトルを出してもらった。「響《ひびき》」という高い酒だ。普段ならありえないことだが、今なら許されると思った。

「ええなあ、あんたは。何から何までうらやましいわ」するめを齧《かじ》りながら信也が言った。

「おれ、本気で転職を考えよかなあ。いっぺん今の組を抜けて、半年ぐらいぶらぶらして、それであんたの組に弟子入りや。うちは古い組やさかい、小指詰めんならんけど、この先の人生を考えるなら、それもありかなと思うわ」

「信也、それは買いかぶり過ぎだって。うちも実際は渋い組だぞ。ここだけの話、親分の器量がどうもイマイチでな、組が大きくなる見込みはあんまりないな。それより兄貴分だろう。おれたちがのし上がっていくには、まず兄貴を選ぶことじゃねえのか」

「そや。まったくその通りや。同じ組におっても、仕える兄貴がちがうと、まるで別の毎日や。おれの場合、兄貴がイノシシでな、一直線に突き進んでは揉め事起こしとる。要するに機転が利かんのやな。おれは不安やで。この兄貴についていっていいのかって」

「おまえの兄貴って、この前、債権回収で一緒にいた人か」

「おお、そうや。あんたの兄貴分に言いくるめられたお人よしや」信也が眉を八の字にして、ソーダ割りを飲み干す。「さっきも言うたけど、それに比べて、あんたの兄貴はかっこよかったわあ。おれにもいっぺん会わしてくれ。いろいろ勉強したいわ」

「ああ、いいけど」

純平は生返事しながら、人生の皮肉さを想った。これから刑務所に入ろうかという人間に、どうして次から次へと人が現れるのか。

「なあ、マジで日取りを決めてくれ。来週の予定はどうなっとる。おれ、平日の夜ならなんぼでも時間作れるぞ」

「おまえ、本気かよ。組は大丈夫なのか」

「大丈夫やて。いざとなったら指詰めたる」

信也は早くも酔っ払ったようだ。こめかみを赤くしている。

「そうか。でも、悪いが紹介する暇はないんだよ」

「あんた、冷たいこと言うなて。おれら、もう友だちやろう」

「おれな、月曜の朝、鉄砲玉になるんだよ」

純平が、お使いに行くんだよ、というような調子で言った。

「はあ？　何の話や」

「信也。おれな、月曜の早朝、対立する組の人間を殺《や》るんだよ。親分の頼みでな。だから、

せっかく知り合えたけど、もう会えなくなるんだ」

告白の気分はない。ごく自然に口をついて出た。

信也が顔色を変えた。椅子を回転させ、純平を正面から見つめた。

「それ、マジか」

「ああ、マジだ。ホテルのスイートルームに泊まってるのも、しばらく娑婆とはお別れだから、それで兄貴がくれた金で贅沢してるってわけだ」

「そうなんか」

「ああ、そうだ。残念だな。人が言うには、模範囚でも最低で七年は喰らうらしいから、もし七年後におれのことを憶えてたら、そんときは捜し出して会いに来てくれ」

「それ、切ないな」

「切なくても、もう引き返せねえんだ。下見はした。拳銃も手に入れた。あとは実行あるのみだ」

「あんた、冷静やな。恐くないんか」

「正直わからねえ。あんまり感情が湧いてこねえんだよ。でもな、おれの人生、ここで逃げたら何も始まらない気がしてな。刑務所なんか誰だって入りたかねえが、出てきたときのことを考えると、絶対にやるべきだと思ったわけよ」

純平は静かに語った。気負いはまるでなく、神社に聳《そび》える古木のような心境だった。

「すげえな。おれはもうあんたにはかなわん」信也が大袈裟にかぶりを振った。「あんた、将来は大親分になる器やで。おれ、あんたとは絶対に切れん。小菅《こすげ》でも府中でも面会に行かせてもらうわ」

「そうか。そう言ってもらえると、おれも勇気が湧いてくるよ」

「ええんか。婆婆での大事な晩をおれなんかと過ごして」

「いいさ。実のところ、急な話で遊び相手もいなかったんだよ」

「なあ、おれら兄弟にならへんか。あんたが六、おれは四でいい」

信也が昂揚《こうよう》した面持ちで言った。心から純平を尊敬している様子だ。

「いいぞ。盃を交わそう。ただし五分五分だ」

「わかった。ウイスキーでなんやけど、こういうのは形やあらへん。この場でええやろ」

「もちろん。だいいち明後日にはもういない」

純平はママに頼んでグラスを新しくしてもらった。ショットグラスにウイスキーを注ぎ、目の位置に持ち上げ、揃って一気に飲んだ。

「おれ、五分の兄弟分を持ったの、初めてやわ」

「おれもだよ」

純平は、ウイスキーが喉を通るのを感じながら胸が熱くなった。打ち明けてよかった。鉄砲玉の美学は、同じ極道でないとわからないのだ。

「よっしゃ。飲み明かすか」

「ああ、いいな」

純平はしあわせな気持ちになった。頬がゆるみ、肩の力が抜けた。この男にならなんでも話せると思った。

店内では、どこかのサラリーマングループが、カラオケで長渕剛を歌っていた。

11

純平と信也は午前四時過ぎまで飲んだ。信也はいける口らしく、水割りをスポーツドリンクのように飲んだ。途中からはボックス席に移り、ホステスを相手に下ネタで笑いをとった。一緒にいて楽しくなる人間というのは、なんとも心癒される存在で、こんなことならもっと早く知り合いたかったと純平は思った。地元を離れてからは、マブダチと呼べる

友がいなかったのだ。

テーブルには笑いが絶えず、「純ちゃん、またこの人連れてきてー」とホステスがせがんだ。

「ああ、そうするよ」純平は薄く笑って答えた。

信也は一瞬黙ってから、「純平は忙しい男やさかい、おれ、一人でも来たるわ」と言い、自前でボトルを入れた。そしてラベルに「純平」「信也」と二人の名前をマジックで太く書いた。俠気《おとこぎ》が伝わり、純平は胸が熱くなった。

飲んでいる間、加奈からメールがあった。不動産屋のおやじにナンパされ、よろしくやっているらしい。まったく素人のくせに、とんだスベタだ。

店を出ると、また秘密カジノのあるビルまで行った。酔っ払った信也は、事情もわからずついてきた。そして一階のコインランドリーをのぞくと、青白い蛍光灯の下、オカマのゴローが漫画週刊誌を読んでいた。ほかには東南アジア系の男女が隅っこでおしゃべりをしている。

ガラス戸を開けて中に入った。「よお、よく会うな。商売のほうはどうだ」

純平が声をかけると、ゴローは明るい表情になり、恋人にでも逢えたかのように頰を赤くした。

「また聞きてえんだが、例のヅラのおっさん、今夜も見かけたか」

「うん。見た。十二時少し前に来て、ビルに入っていったよ」

「そうかい。それを聞きに来ただけだ」

聞いてはみたが、とくに確認する必要もなかった。なんとなく足が向いただけだ。

「飲んでるの?」ゴローが聞いた。

「ああ、ちょっといいことがあってな。こいつ、信也っていって、おれの兄弟分だ。さっき盃を交わしたばかりだ」

信也を紹介すると、ゴローは恥かしそうに「どうも」と小声で挨拶した。

「こっちはゴロー。見ればわかんだろうけど、オカマ君だ」

「よろしゅうたのんます。錦糸町でテキ屋をやっとる信也ちゅうもんです」

信也はふらつきながら仁義スタイルで腰を折った。

「ゴロー。今日もここで夜を明かすのか」

「うん。そうだけど」

「よかったらおれが泊まってるホテルに来ないか。新宿プリンスのスイートルーム。広いんだぜ。床に転がって寝るにしても、手足は伸ばせるし、ここよりはいいだろう」

純平は、誰にでもやさしくしたい気分になり、誘った。

「いいの？」

「いいさ。これも何かの縁じゃないか」

「じゃあ行く」

ゴローが心からうれしそうに返事した。

純平は酔っ払っていた。脳味噌が心地よく痺れ、体は芯から温かかった。地上三センチをふわふわと漂っているような快感があった。

お供をたくさん引き連れて、歌舞伎町を練り歩きたい気分だった。

《#１１０　純平、バッカじゃねーの。どうして鉄砲玉なんかやんなきゃなんねーのよ。人を殺したいわけ？　そんなの、さっさと組から逃げりゃあいいだけじゃん。極道の世界がなんだってゆーの。やだねえ、世間の狭い人間は。歌舞伎町だけがあんたの世界？　沖縄にでも行って楽しく暮らせばいいじゃん。どうせあんたに親兄弟なんていねえんだろう？　沖縄だよ、沖縄。とっとと逃げちまえ。by南国ボーイ》
《#１１１　わたしは鉄砲玉を支持します。やくざが一人でもこの世からいなくなるのはフツーの市民にとってはとてもいいことです。しかも純平とかいうチンピラも刑務所行きなので一石二鳥です。やくざの抗争賛成。だから流れ弾だけにはご注意を。by名無し》

《#112　基本的にくだらないスレッドだと思います。若いやくざがヒロイックな気分に浸っているだけで、語る価値はないでしょう。どの道、犯罪者になるしかない連中です。勝手にやらせておけばいいんです。by名無し》
《#113　#110の南国ボーイさん。どうして沖縄なんですか？　犯罪者の逃亡先イコール沖縄。こういうステレオタイプな考えにはホント頭痛くなります。沖縄はやくざをかくまう島ではありません。海と空を愛する人々の島です。地元の人の暮らしだってあるんです。勝手なイメージで沖縄を持ち出さないでください。by海人ガール》
《#114　オッス、純平殿。元極道です。模造銃の試射はもう済ませましたか。近場でやるなら、深夜の地下道がお勧めです。人目さえなければ、音が外に漏れないので、誰も気づきません。銃痕も目立ちません。健闘を祈ります。byトラック野郎一番星》
《#115　やくざ？　鉄砲玉？　これ、みんな本気にしてるの？　めでたい人たちだね(苦笑)。by名無し》
《#116　#113の海人ガールとやらへ。出た。沖縄馬鹿。海と空を愛する人々の島だって。書いてて恥ずかしくないのかね。米軍基地に依存してるくせに。でもって公共事業と政府の助成金にたかってるくせに。あんたみたいな沖縄を神聖視する馬鹿がいるから、沖縄県民はいつまでも甘えん坊の駄々っ子なんだよ。成人式で暴れる暴走族を見てみろ。

あれはおまえら左翼が作ったコドモだよ。by南国ボーイ》
《#117　純平君、やめたほうがいいんじゃない。疲れるよ。疲れにリポビタンD。by名無し》
《#118　沖縄崇拝の人って、ほんと困り者だね。彼らのどこが純粋なのよ。おれらの税金吸い上げて、反日の旗振って、君が代も教えないで。ちょっと勘弁してもらいたいね。by日の丸万歳》
《#119　もしかしてネット右翼の人、入ってない？　そういうスレッドじゃないんだからさ。それに沖縄を出汁《だし》にするのって、県民のみなさんに失礼でしょう。さっさと退場してください。by名無し》
《#120　なんだよリポビタンDって。すべってんじゃねーよ。by名無し》
《#121　沖縄攻撃する人たちは、歴史を学んでこなかった哀れな人なんだと思う。戦争の負債を全部押し付けて、あれこれ言う人が信じられない。東京のお台場に米軍基地を誘致してみたら？　だったら少しは話を聞いてやるよ。by名無し》
《#122　右翼じゃなくても、沖縄を祭り上げる左翼には腹が立つ。日本人に反日植え込んでどうするんだよ。by一市民》
《#123　なんか話が飛んでませんか。純平君が鉄砲玉になることについての話だった

はずですが。ネット右翼の人、左翼の人、ごきげんよう、おやすみなさい。by名無し》
《#124　沖縄の人は大和民族ではありません。琉球人です。ですから反日は当然です。by青い海》
《#125　#123さんに賛成。もうやめようよ、無駄な言い争いは。by名無し》
《#126　出た。知ったかぶり。沖縄の人は琉球人だと。八重山諸島の人たちはどうなるんだ。一緒にすると彼らが怒るぞ。by名もなき首里人》
《#127　わたしの発言がこんなに波紋を呼ぶとは思ってもみませんでした。わたしは横浜生まれのOLですが、ただ単純に沖縄の海と空を愛しているだけです。ゴールドコーストにもエーゲ海にも行きましたが、沖縄の海が一番きれいです。そのことをわたしは誇りに思うし、沖縄が日本でよかったと、沖縄の人たちには感謝しています。これからも訪れるだろうし、ゲストであるという分をわきまえていたいと思ってます。by海人ガール》
《#128　左翼は死ね。日本から出て行け。by名無し》
《#129　海人ガールさんは大人だね。それに比べてネット右翼の幼稚なこと。by名無し》
《#130　反日左翼にはほんとイライラする。世界を知らなさ過ぎる。八重山に一刻も早く自衛隊基地を作らないと、中国が攻めてくる。尖閣諸島どころの騒ぎではない。どう

してそんなことにも気づかないのか。by日本蕎麦》
《#131　あげちゃえば？　中国に。尖閣諸島でも、八重山諸島でも。by天津麵》
《#132　ぶっ殺す。#131をぶっ殺す。by一市民》
《#133　純平君、風邪ひかないように。寝るときタオルケット一枚だともう寒いよ。byミナコ》
《#134　純平君、月曜朝が決行のときなんでしょう？　まだ時間がある。じっくり考えようよ。by名無し》
《#135　ぶっ殺す。全員ぶっ殺す。by一市民》

純平は翌朝は十時に起きた。もっと寝ていてもよかったのだが、信也が女とのデートがあるというので、付き合ってルームサービスの朝食をとり、そのまま自分も出かけることにした。東松山に二年振りに帰ろうと思ったのだ。河川敷で拳銃の試射をしたいし、逃走用のバイクも手に入れたい。昔の仲間に会って、おしゃべりもしたい。

「夜になったら連絡するわ。ちょっと渡したいもんがあるんや。邪魔はせん。あんた、最後の夜は女と一緒に過ごすんやろ。一瞬だけでええねん」

信也はそう言うと、五分刈り頭をかきながら帰っていった。女と一緒に過ごす、か——。

ゆうべ、信也に、カオリを恋人だと言ってしまった。最後までくだらない見栄を張るなあと純平は自分を嘲笑った。

ゴローは床で毛布に包《くる》まって寝ていた。何度か起こしたが、よほど深い眠りについているらしく、蹴飛ばしてもまるで無反応だった。仕方がないのでそのままにしておくことにした。《出かける。夕方まで戻らない。純平》というメモをテーブルの上に残し、拳銃の入ったリュックを背負い、部屋を出た。

泣いても笑っても今日一日か――。口の中でつぶやいたら、開き直るような気持ちが湧き出て、肩の余分な力が抜けた。どうせ娑婆がバラ色だったことなど、これまでの人生でなかったのだ。泣いてくれる女がいるわけでもない。

空は秋晴れだった。日陰では冷たい空気が頬に心地よく、日向《ひなた》ではまだ夏の元気の残った太陽が黒髪を熱くした。

新宿駅から山手線で池袋まで行き、東武東上線に乗り換えた。純平は、東上線のホームに立つこと自体が懐かしくて、まだ二十一歳なのに年寄りのような感慨に耽《ふけ》った。急行に乗って一時間もすれば、生まれ故郷に帰れる。今日も自由だ。兄貴からの呼び出しはない。それを思うと、細胞のひとつひとつまでがリラックスしていて、本当の平穏を初めて味わう気がした。

車内はすいていた。座席を確保し、目を閉じたらすぐに寝てしまった。気がついたときは、東松山のすぐ手前で、胸に抱いたリュックに派手に涎《よだれ》を垂らしていた。ふと外の景色に目をやる。一面の田畑が、陽光を浴びていかにも気持ちよさそうだった。地面はいいな、悩みなんてないだろうと、馬鹿げたことを思った。

東松山駅に着いたのは正午過ぎだった。駅舎が新しくなっているので、純平は思わず駅名を確認してしまった。ホームから見渡す景色もずいぶん様変わりしていた。道がすっかりきれいになっているのだ。

ただし、駅の改札を抜けると、正面の壁に「駅番」の不良たちがいて、ああここはやっぱり東松山だと確信を持てた。「駅番」とは、地元暴走族のメンバーが交代で駅を見張り、目立つ恰好をした高校生を捕まえては脅しを入れる役目のことだ。要するに、自分たちの仲間以外に恰好はつけさせないという示威行動である。純平も暴走族の新入り時代は散々やらされたものだ。

見たところ十六、七歳の不良少年三人が、純平を見つけ、ガンを飛ばしてきた。さっきまでの穏やかな気持ちがいっぺんに吹き飛び、血が逆流した。

「センパイ、どこの人ですかア」一人が立ち上がり、体を揺すって近寄ってきた。残りの二人も後に続き、取り囲もうとする。

純平は人目があるのも構わず、正面の男の股間を思い切り蹴り上げた。「うっ」と呻《うめ》き声を上げてその場に崩れ、丸くなっている。ほかの二人は見る見る青ざめ、口が利けないでいた。粋がっていても子供なのだ。

「おまえら、誰に行儀習ってんだ。横山《よこやま》か、岡田《おかだ》か」

純平が、かつての後輩で暴走族のリーダー格だった人間の名前を挙げた。

「すいません。曼荼羅《まんだら》のOBの人ですか」

「そうだ。おれは五代目親衛隊長やってた坂本純平てんだ。おい、このうずくまってるガキ連れて、駅から出ろ。堅気衆の迷惑だろう」

顎をしゃくると、震え上がった少年たちが、ビデオの早回しのようにちょこまかと動き、怪我人を担いで階段を下りていった。純平はゆっくりと後に続き、駐輪場に入るよう手招きし、そこで尻ポケットから財布を取り出した。

「悪かったな。ついカッとなっちまった。これで飯でも食って機嫌直せ」

一万円札を抜き取り、蹴り上げた男の胸ポケットにネジ入れた。北島の真似を、いつかやってみたかった。

「あ、いや、どうも……」

少年たちは慣れない展開に戸惑っている様子で、満足な返事も出来なかった。ただ、もう怯えた表情ではなく、憧れの眼差しを向けてくる。

「おれはな、今は新宿で六明会早田組の盃をもらってんだ。おまえらもいつか地元を出ることがあったら、訪ねてきな」

「はい。ありがとうございます」三人で背筋を伸ばし、大きな声を発した。

「曼荼羅のアタマ、今は誰なんだ」

「横山さんです」

「やっぱり横山か。昔は可愛がってやったもんよ。おい、やつの携帯の番号わかるか」

「自分たちは知りませんが、先輩に聞けばわかると思います」

「横山と連絡を取れ。もう一回名前を言うぞ。坂本純平が来たからちょっと顔を見せろって。おれはそこの喫茶店にいる」

「わかりました」

三人揃って頭を下げた。先輩風を吹かすのは気持ちがよかった。一万円は正直ちょっと惜しかったが、意地のためなら仕方がない。

かつて溜まり場にしていた駅前の純喫茶に入った。カランとなるドアの鈴は昔のままだ。日曜日の昼どきなのに店内はガラガラで、わずか二年振りなのにずいぶん寂《さび》れた印象があった。

カウンターの中にいる髭の店主は昔のままだ。きっと純平のことなど憶えてないのだろう。「いらっしゃい」と普通に応対し、水を持ってきた。もっとも、純平が変わったのでわからないのかもしれない。あの頃は髪を金色に染め、眉も細く抜いていた。

昔よく食べたナポリタンとアイスコーヒーのセットを注文した。腹は減っていないが、懐かしくなったからだ。漫画週刊誌を読みながら待っていると、さっきの不良たちが報告に来た。

「先輩に連絡を取ってもらったら、横山さん、アパートで寝てました。坂本さんが来てることを教えたら、すぐに向かうって言ってたそうです」

「ああ、ご苦労。駅番、続けていいぞ」

「あのう」一人がおずおずと申し出た。「すいません。坂本先輩と一緒に写真撮ってもいいですか」

「はあ？　何だそりゃあ」

「先輩に聞いたら、おめえ、その人は曼荼羅の伝説のＯＢだぞって言うから、写メで記念に撮ってみんなに送ろうかと思って……」

「はは。いいぞ。好きにしろ」

純平は苦笑して応じた。幼い顔の不良たちが、代わる代わる隣に来て、写真に収まる。気分がよかった。田舎の暴走族は純朴でいい。

横山が現れたのは、ナポリタンを食べ終えた頃だった。寝癖のついた頭で、サンダルをつっかけ、店に駆け込んできた。

「純平さん！」

顔を紅潮させ、叫ぶように名前を呼んだ。

なんだか照れた。ここまで歓迎されるとは思っていなかった。

「何年振りですか、こっちは」

「二年振りよ。しばらくいねえうちに変わったな」

「そうですか？　変わりゃあしねえッスよ。こんな田舎」

横山はテーブルの正面に座ると、同じようにナポリタン・セットを注文した。

「おまえ、ゆうべも走ってたのか」

「定例ですからね。でも、おれも来年の三月で引退です。二十歳になるんスよ」

「そうか。で、今は何やってんだ」

「左官職人の見習いッス。ほら、ＯＢに左官屋のケンジさんがいたでしょう。あの人の下にいます。おれ、ガキが生まれたんですよ。女の子ですけど。だから、手に職つけるのが一番だろうって――」

「そうか。そりゃあおめでとう。結婚したのも知らなかったぞ」

「パチンコ屋の店員やってた女なんですけどね、まあ、出来ちゃったもんは責任を取ろうと――」

「立派だよ。おまえは族を引退しても、ちゃんとやっていけるな」

「純平さんは今でも新宿ですか」

「ああそうだ。おれは歌舞伎町のやくざよ」

「なんか、男磨いてるって感じですよ。憧れちゃうなあ。自分には、そんな甲斐性ないから」

「馬鹿言え。おまえのほうが甲斐性あるんだよ。一家の大黒柱だろう。家族を大事にしろよ」

純平は後輩相手に大人ぶって見せた。

「今日は何の用事ですか」

「いや、ちょっとバイクを一台、借りられねえかと思ってな」

「どうしたんですか。いまさらバイクって……」

「ちょっと訳があってな。小回りが利く中型がいいんだが。あ、それから目立たないやつな。竹槍マフラーなんてのはだめだ。その代わり古くてもいい」

「わかりました。安田《やすだ》興業に行けば、裏手に車検切れのバイクが転がってますよ。盗品もあるだろうし、純平さんなら無条件で貸してくれるんじゃないですか。適当なナンバー付けて、そのまま乗って帰れますよ」

「連れてってくれるか」

「もちろん、いいッスよ」

後輩が気持ちよく付き合ってくれるので純平はほっとした。少しでも迷惑そうな顔をされたら、自分はきっと怒り出し、一日を台無しにしてしまうだろう。

喫茶店を出て、横山のグロリアに乗り込んだ。

「純平さんは今、何乗ってるんですか」

「おれが運転するのは兄貴のベンツよ。部屋住みで自分の車は持てねえな」

「かっこいいなあ。いっぺんでいいから、歌舞伎町でベンツ転がしてみたいッスよ」

「左官職人で成功して乗ればいいじゃねえか」

助手席でたばこに火をつけ、窓を開けた。

「なんか、純平さん、変わりましたね。余裕があるっていうか、垢抜《あかぬ》けたっていうか」

「そうか？　昔のまんまだと思うけどな」

変わったと言われて、純平は満更《まんざら》ではなかった。

「お世辞じゃないですけど、めちゃカッコいいですよ。歌舞伎町で女にモテまくってるでしょう」

「おまえ、そんなこと言っても何も出ねえぞ。あはは」

身をよじって笑った。昔みたいだった。


車で十五分ほど走り、暴走族のOBがやっている産廃処理工場に着いた。工場といっても自宅兼廃材置き場だ。そしてOBといっても四十に手が届きそうな腹の出たおっさんだ。

「安田社長。いますか？」横山が母屋《おもや》に向かって大声を発した。

「おう。こっちだ」敷地内に積み上げられた鉄屑の陰から、つなぎ姿の中年が顔を出す。

「純平さん、連れてきたんだけど」

「社長。久し振り」片手を上げて挨拶した。

「おまえ、純平か」社長が目を丸くした。「またえらく男前になって帰ってきたな。どこかの芸能人かと思ったぞ」

「またあ、みんなしておだてんだから」

「どうした。こっちに帰ってきたのか」

「ちがいますよ。用事で来ただけ」

「社長、バイク一台、都合つけてもらえないッスかね。純平さんがちょっと入り用だって言うから」

横山が言ってくれた。

「おう、いいぞ。裏にあるやつ、好きなの乗ってけ」

「さすが。社長は話が早いなあ」

純平は二人のやりとりを聞きながら、胸が熱くなった。地元はなんていいのだろう。

「その代わり、後輩連中に建設現場でワイヤー盗ませて、おれんところへ持ってこい」

「まだそれやってんスか。そのうち手がうしろに回りますよ」

「それがな。捕まったときのことを考えても、盗品を引き取って東南アジアに売り払ったほうが得なんだぞ。盗品とは知らなかったって言い張れば、よければ不起訴。悪くても執行猶予付だ。おまえら、ちゃんと社会勉強しておけよ」

社長がヤニで黄ばんだ歯を見せ、屈託なく笑っている。歌舞伎町にはない呑気さが、東松山にはあった。悪さをしても愛嬌があり、殺伐としていない。

純平は想像した。もし地元に残っていたら、きっと横山のような肉体労働か水商売だろう。以前なら考えられない選択だったが、今はそれも悪くない気がしていた。だいいち目の前の二人は、しあわせそうだ。

「純平、今夜はどうするんだ。おれの家に泊まっていくか」

「いや。新宿に戻らないと。貸してくれるってバイク、すぐに動く?」

「三十分くれれば、適当なナンバー付けて、走れるようにしておくわ。ヘルメットもいるんだろ?」

「頼みます。すんません。社長、感謝してます」

純平は神妙に頭を下げた。昔の仲間の厚意を前にして虚勢を張ろうなどという気がなくなった。

「どうした。水臭えじゃねえか」

「いや、なんか、おれ、うれしくて」

つい鼻の奥がつんと来た。

「いつでも帰って来い。純平のことならみんな憶えてるぞ」

「うん、ありがとう」

本当に泣きそうになったのでサングラスをかけた。太陽を見上げ、目を細める。秋空にトンボがたくさん飛んでいた。

時間つぶしに横山の運転で町を流すことにした。駅前以外はほとんど変わっていない。どこにでもある田舎の光景だ。

「岡田はどうしてんだ」

「あいつも結婚して子持ちです。仕事はホームセンターの倉庫係」

「キンは何してる」

「キンはやくざ。浦和で地上げ屋の手先やってますよ」

昔の仲間の近況を聞くと、半分がすでに家庭を築いていて、子供もいるとのことだった。地元を出た者は、多くがやくざになっているらしい。自分もそのうちの一人だ。

「純平さん、おふくろさんには会っていかないんですか」横山が言った。

「会わねえよ。だいいちどこにいるか知らねえしな」

「え、そうなんスか。提灯《ちょうちん》横丁のスナックのママさんやってるの、知らないんスか」

「知らねえよ。だいいちもう電話番号もわからねえしな」

「なんか、再婚したって話ですけど」

「ふうん。そうか」

別に驚きはなかった。籍を入れようが入れまいが、母親の男は毎年のように変わる。子供の頃から散々見てきた。

「すいません。余計なこと言って」

「いや、いいよ。で、なんてスナックだ」

「〝あやの〟って名前だったかな」

「誰の名前だよ」

純平は鼻で笑った。母親はずっと源氏名ばかりだ。

国道の信号待ちで、右側に並んだ白のレクサスから、四人の男がガンを飛ばしてきた。

横山が血相を変え、睨み返す。

「誰だ、こいつら」

「北関東連合のやつらです」

「なんで東松山にいる」

「去年、支部が出来たんです。今じゃ毎週末どこかでうちらと抗争やってます」

「よし。バイクを都合つけてくれた礼に、おれが一丁ぶちのめしてやる」

純平はそう言い、リュックから拳銃を取り出した。横山がぎょっとする。

「先輩。まさかそれ、本物じゃないッスよね」

「さあな。拳銃に聞いてくれや」

純平は懐に入れると、横山に運転席の窓を開けさせた。

「おい、おまえら！　どっか人がいない場所で止まれ！」

大声で怒鳴りつける。恐いものなど何もなかった。相手はたかが暴走族だ。

「あーっ？　なんだてめえは！」向こうの車内から怒声が返ってきた。

「相手してやっから止まれって言ってんだよ」

「馬鹿か。たった二人で。こっちは四人だぞ。おめえら数、数えられんのか」

車内で笑っていた。

「何だ。恐いのか」

「ふざけるな。曼荼羅なんか屁でもねえぞ」

「だったらどこか空き地で止めろ」

信号が青に変わり、相手のレクサス、横山のグロリアの順で走り出した。レクサスが前に出て、挑発の蛇行運転をする。その間に拳銃の弾を確認し、安全装置を外した。なんならやつらを相手に試し撃ちするまでだ。

しばらく行くと左手につぶれたボウリング場があり、レクサスはその駐車場に入った。柵が壊れていて、出入り自由だった。

「あいつらがよく集会に使うところです。やばいッスよ。どうします」

横山が聞く。「いいからついていけ」純平は命じた。

レクサスは駐車場の一番奥まで進み、停止した。四枚のドアが開き、男たちが降りてくる。自信満々の顔で各自が仁王立ちした。

グロリアもすぐ手前に停止する。「おまえはここにいろ」純平はそう言い残すと、助手席のドアを開け、一直線に一人の男の元へと早足で歩み寄った。小柄だが体格のいいちょび髭の男だ。この中で誰がリーダー格か、そんなものは何年も喧嘩をしていれば一目でわかった。

スカジャンの懐から拳銃を抜く。「動くな！」右手に構えて一喝した。四人とも目を丸くし、その場に凍りついた。純平はちょび髭の胸倉をつかみ、喉に銃口を当てた。「このガキが。曼荼羅のOBをなめるなよ」顔を真っ赤にして啖呵を切った。

拳銃をレクサスの前輪に向けた。引鉄《ひきがね》を引く。パンと乾いた破裂音がして、アスファルトが白煙を上げて弾けた。ずいぶん右にずれるようだ。しかし、弾は出た。

もう一度、今度は狙いを修正して撃った。タイヤに命中した。

興奮と冷静さが同居した不思議な感覚を味わっていた。頭の中では、これで試射する手間が省けたと思っている。

「おい、てめえ、名前を言え」

純平が再び銃口を向けると、ちょび髭は驚愕《きょうがく》の面持ちで腰を抜かした。

「名前を言えって言ってんだろう！」

ちょび髭が答えたが、声が震えて聞き取れなかった。

「てめえら、この先いっさい東松山で走るな。おれは六明会系早田組のモンだ。曼荼羅のケツ持ちはおれだ。極道に楯突いてただで済むと思うなよ。わかったか」

銃の台尻でちょび髭の頭を打ちつけた。ガッと鈍い音がする。

「わかったか！」

ちょび髭がキツツキのようにうなずいた。

「よし。四人ともここに並べ」

もはや顔色をなくした男たちが、そそくさと整列した。

「正座しろ！」

これも言うなりだった。日頃粋がっていても、所詮は田舎の不良たちだ。一線を越える度胸はない。

純平は一人ずつ蹴飛ばした。全員無抵抗だった。思い切り蹴飛ばした。

視界の端に、横山が呆然と立ち尽くしているのが映った。なんだこの人、という気配を全身に滲ませていた。拳銃など初体験だろうから、無理もない。

敵対する暴走族との一戦を終え、バイクを取りに戻ることにした。走行中の車内で横山は、純平の度胸を何度も称《たた》えたが、それは会話を途切れさせたくないばかりに繰り出す言葉で、そのトーンには怯《おび》えの気持ちが混じっていた。

「驚かして悪かったな。実は兄貴から処分を頼まれた拳銃でな。どっかの川にでも捨てようと思って持ってたんだ。帰りに捨てる」

「びっくりしましたよ。なんか、映画観てるみたいで……。でも、音は結構軽いんですね。パンパンって、カンシャク玉みたいで」

「おまえも撃ってみるか」

「いやあ、いいッス」

横山が慌ててかぶりを振る。さっきまでの陽気さは消えていた。すっかりやくざになってしまった昔の先輩と、これ以上関わりたくないのかもしれない。

安田興業ではカワサキのZ400を借り受けた。古い年式だが、無改造でタイヤの溝も残っていた。ボディが黒なのも目立たなくていい。

「じゃあ、来週には返しに来るから」

純平はうそをついた。申し訳ないが、本当のことは言えない。

「今度は泊まりに来いよ。ほかのOBも集めておくから昔話でもしようぜ」

社長が陽気に言った。

「いいね。ぜひ交ぜて」

「じゃあ、純平さん。また」

「ああ、またな」

横山ともここで別れた。きっと純平が去ったあと、安田社長相手に、さっきの出来事を息せき切って話し出すのだろう。

ヘルメットを被り、エンジンをかける。軽く手を上げて発進した。バックミラーには見送る二人の姿があった。


このまま高速道路に乗って歌舞伎町まで一直線に帰ろうかとも思ったが、なんとなく心残りがあったので、母親のやっているスナックを外からだけでも見ていくことにした。とくに会いたくもないし、日常で思い起こすこともない唯一の肉親だが、この先何年も刑務所に入ることを考えると、元気でやっている現場ぐらいは瞼に焼きつけておきたい。

くだんのスナックは、細い路地を入った古びた飲み屋街にあった。間口三メートルほどの二階家で、赤い看板に「あやの」の文字が書かれている。このへんの建物は全部住居兼用のようで、見上げるとあちこちの窓には洗濯物が干されていた。母もこの二階に住んでいるのだろうか。

ガラリと窓が開いた。くわえたばこの男が顔を出し、洗濯物を中に取り込み始めた。この男が母親の結婚相手なのか――。純平が立ち尽くして見ていたら目が合った。

「なんだ、おまえ。何か用か」男がやくざのように凄んだ。純平を若造と見て、なめてかかっているようだ。

相手をする気もないので、立ち去ろうとしたら、「あんた、誰に怒鳴ってんのよ」と女の声が聞こえた。懐かしい母の声だ。つい振り返る。頭にカーラーをいくつも巻いた母が窓からこっちを見たところだった。

「純平？」

素《す》っ頓狂《とんきょう》な声を発する。やっぱり息子は一目でわかるようだ。

何年ぶりかで見た母親は、すっかり一人の女になりきっていた。

12

「純平。どうしてここがわかったのよ」

母はいきなり迷惑ともとられかねない言葉を吐いた。息子の突然の来訪で、ほかの台詞が浮かんでこなかったのかもしれないが、二年振りの対面とは思えない温度の低さだった。

「いや、後輩に聞いたから」

母に合わせるように、純平も素っ気なく答えた。犬だって離れ離れになっていた母と子が出会えば、もう少し愛情行動を見せるものだろうに、純平と母の間には距離を縮めようという気配すらなかった。

「あんた、いつ帰ってきたの」

「さっきだけど。……ああ、住んでるのはずっと東京だよ。ちょっと用事があってこっちに来ただけさ。これから東京に帰る」

「そう。でも、せっかくだからお茶でも飲んでいけば」

「どっちでもいいけど」

「そう。じゃあすぐに入り口開けるからそこで待ってて」

母が窓から顔を引っ込めた。入れ替わりにさっきの男が顔を出す。

「君、あやのの息子さんか。さっきは怒鳴って悪かったな」

愛想よく言って白い歯を見せた。いかにも遊び人風の中年だ。「このヒモが」純平は心の中で吐き捨て無視した。母の男は、いつもこんなのばかりだ。それに、「あやの」とはいくつめの源氏名だ。母が本名で呼ばれるのは役場の窓口だけだ。

ほどなくしてスナックの扉が開き、母が「入りなさい」と招いた。

中は古びたカウンターに十個ほどの椅子があり、天井からは趣味の悪いシャンデリアがいくつか吊るされた、いかにも居抜きで借りた物件に見えた。

促されてスツールに腰を下ろす。母はカウンターの中に入り、お湯を沸かそうとした。

「ああ、おれ、お茶ならいいよ」と純平。

「そうだね。まだ外は暑いし。コーラかなんかがいいよね」と母。

目の前に瓶のコーラと氷の入ったグラスが出された。自分で注ぐ。シワシワと弾ける泡を見ていた。

「純平、今は何をしてるの」

「いろいろだよ」

「いろいろって?」

「いろいろは、いろいろさ」

「まあいいわ。ちゃんと暮らしてるみたいだし……」母があらためて純平を見つめた。

「背、伸びた?」

「伸びるわけねえだろう。もう二十一だぞ」

「そう。でもなんか、大きくなった気がして」自分で言って苦笑している。「じゃあ痩せた?」

「痩せてもいねえよ」

「なんか、頰がほっそりしたから……。そうだね、こっちは子供の頃のふっくらした頰のイメージが強いから……。純平もすっかり大人だね。きっと女の子にもてんだろうね」

母は以前にも増してダミ声になっていた。たばこを吸い、酒を飲み、ときどき覚せい剤もやる。それはこの先も変わらないだろう。

「おなか減ってないの」

「減ってねえ」

「おはぎとかあるけど、食べる?」

「いらねえ」

そんなやりとりをする以外、会話が続かなかった。考えてみれば、子供の頃から母とはろくな会話を交わしたことがなかった。家に男がいるときは、男にべったり甘えるので、純平には居場所すらない。一人のときは、いつも怒ってばかりいるので、自分に累が及ばないよう常に身構えていた。

純平はやおら思い出した。小学校に上がるか上がらないかの頃だ。ホステスをしていた母に彼氏ができて、店がはねたあとアパートに連れてきた。酔っ払った母は、「あんたは出てな」と純平を二階のベランダに追い払った。まだ春先だったのでたちまち体が冷え、純平は我慢できなくなって窓ガラスを叩いた。「おかあさん。入れて、入れて」。何度叩いても、無視された。近所にも聞こえているはずなのに、誰も助けてくれなかった。「おかあさん、入れて」。段々と声も小さくなった。寒さに耐え切れなくなったので、手摺《てす》りを乗り越え、地面に飛び降りた。危険だとわかっていても、本能的にそうしていた。体重が軽かったのと、下が湿った赤土だったこともあり、無傷で済んだ。素足の痛みに歯を食いしばりながら、泣くのをこらえた。滲んだ涙を引っ込めると、自分を褒めたい気分になった。案外自分は強いじゃないか――。堤防沿いの土手に乗用車が何台も乗り捨てられているのを知っていたので、そこまで歩き、車の中で一夜を明かした。そのとき純平は、何かいいことを知った感じがした。この先大きくなるごとに、ひとつひとつ自由が手に入る——。

あの日以来、自分のスピリッツは風来坊だ。決まったねぐらなどないほうが、心が軽やかだ。小学校に上がってから、悲しくて泣いた記憶はない。前提に大きな諦めがある。絶対的な愛情を信じていない。

二階から男が降りてきた。「ちょっとパチンコ行ってくるわ」雪駄《せった》を引きずって店から出て行った。

壁掛け時計の秒を刻む音が聞こえていた。沈黙が長く続く。間が持たないのか、母は落ち着きなくたばこを吹かした。

「この店、賃貸なんだけどね。びっくりするくらい安いんだよ」母がぽつりと言った。

「そう」純平が答える。

「だって、みんなが景気悪いんだもん。うち、サントリーの角瓶がボトルキープで四千円だよ。東京じゃ考えられないでしょう。そうしないと客が来ないからねえ。ゆうべも土曜の夜なのに売り上げ三万円ちょっと。店たたもうかと思ってるくらい」

「あ、そう」

「だから、お金だったら持ってないからね、おかあさん」母がたばこを揉み消しながら言う。

「誰も金をくれなんて言ってねえよ」

「……そうだね」

母が目を伏せ、安堵《あんど》している。気配でわかった。

二年振りで訪ねてきた息子を、金の無心と警戒したらしい。まったく母らしいと純平は心の中で嗤《わら》った。

「帰るわ」純平が席を立つ。気詰まりな時間をこれ以上過ごしたくなかった。

「あら、そう」母は引き止めなかった。

リュックを肩にかけて外に出る。近くに停めてあるバイクまで歩いていると、アスファルトを叩くヒールの音がうしろから聞こえた。母が駆けてきた。

「純平、悪いね。おかあさん、何もしてあげられなくて」

鼻息荒くいきなりそんなことを言う。そして四つに折りたたんだ一万円札を純平に渡そうとした。

「これで何か買って」

「いらねえよ」純平が押し返す。

「そんなこと言わないで。たったの一万円だから。友だちと晩御飯でも食べて、それで使っちゃえばいいじゃない。ねえ、もらって。もらって」

母はうわごとのように言うと、純平の手を取り無理矢理握らせた。

「じゃあね、気が向いたらまたおいで」

「ああ、わかった」

最後は型通りの挨拶を交わした。またおいで、なんて、本心のわけがない。

純平は母の足元を見て答えた。赤いペディキュアが毒々しく、脛《すね》はシミだらけだ。母はもう若くない。

踵を返し、歩き出した。もう会わないだろうなと思った。少年院に入ったときも、一度も面会に来なかった母なのだ。

とくに未練はない。自分の人生は、ずっとそういうものだった。

バイクにまたがり、ヘルメットを被った。バックミラーを見る。店の前に母はもういなかった。

携帯メールの着信音が鳴る。開いて見ると加奈だった。

《やっほー。今何してる？　わたしは女性専用サウナで理沙とまったりしてるよ。さすがに二晩続けて遊ぶと疲れるねー。わたしも歳かなー。で、純平の掲示板、レスがいっぱい溜まってたからまた見てごらん。夜になったらまた会いたいよー。返事ちょうだーい》

この馬鹿女が。純平は侮蔑しながらも、いくらか愛着を感じ始めていた。いろいろ女と付き合っても、最後はこういう馬鹿女と落ち着く気がする。カオリは心の中の女だ。もっとも結婚など当分ない。勤めがあるし、その先は想像もできない。

エンジンをかけ、ギアを入れ、スロットルを回す。腕時計を見た。午後三時を少し過ぎていた。純平は一路東京へと向かった。運命のときまであと半日ちょっとしかない。

13

《#154　純平君はこのスレッドを読んでるんだよね。だったら言いたい。やめなさい。若い人は今がすべてだろうけど、先の人生は本当に長いよ。懲役を終えて、社会復帰して、結婚して、子供が出来たとき、その子になんて言う？　パパは人を殺したことがあるんだって言える？　絶対に後悔するから、やめなさい。by君よりは大人》

《#155　好きにすれば？　誰もあんたのことなんか興味ないって。書き込みだってみんな暇つぶしだもん。by名無し》

《#156　純平君、少し年上の人間として反対します。あなたの親分はきっと「仁義なき戦い」に出てくる親分、金子信雄みたいな小ずるい人間だと想像されます。向こうは若い子分など将棋の駒ぐらいにしか考えていないのです。忠義心とやらは親分の思う壺です。利用されているだけです。逃げましょう。末端の組員をわざわざ捜したりしません。by名無し》

《#157　純平君へ。二十一歳の君がこの先十年間でできること。ヒッチハイクで世界一周。自転車で世界一周。徒歩で日本一周。船舶免許を取って太平洋横断。登山家になって世界三大峰を制覇する。ボクシングジムに通ってプロになり世界を目指す。左翼活動家になって革命を起こす。本をたくさん読んで作家を目指す。劇団に入って役者を目指す。吉本に入って芸人を目指す。AV男優になって千人の女とセックスする。寿司屋に弟子入りして寿司職人になる。中華料理店に弟子入りしてチャーハン名人になる。大工になって自分の家を建てる。恋愛して、結婚して、子供を二人作って、しあわせな家庭を築く——。今考え直すと、いろいろ出来るみたいです。by世界飯店》

《#158　オッス、純平殿。元極道です。また書き込みます。試し撃ちは済みましたか？　まだならお早めに。自分が試し撃ちを勧めるのは別の理由もあります。心臓を狙ったことにして、肩でも撃って負傷を負わせて逃げればいいからです。そうすればただの傷害罪か殺人未遂罪です。刑期は二年かそこらでしょう。親分からは「しくじりやがって」と責められるかもしれませんが、自分は心臓を狙ったと言い張ればいいわけです。ピストルのせいにするのです。ただしその場で相手に捕まらないこと。三発ぐらい撃って速攻で逃げてください。byトラック野郎一番星》

《#159　純平君。わたしは同い年の大学生です。あなたのような青春を送っている人がいることを知って、ちょっとショックを受けてます。わたしの悩みはといえば、就活とサークルの人間関係ぐらいなので、何か言える立場ではないのですが、わたしが大学で専攻している比較文化論に照らし合わせるなら、早まった真似はやめたほうがいいと思います。小社会内の価値観は、そこを離れてしまえば無価値になるものが大半で、さらにその価値観も一時的なものでしかありません。たとえば、刑務所を出たとき、恩に思うべき人間がその社会から離脱していたら、純平君のしたことはすべて無駄になるのです。保障のないことはすべきではありません。by四谷ジャンヌダルク》

《#160　純平。殺って、殺って、殺りまくれ！　三人殺せば死刑確定だ。それでこの世とおさらばだ。地獄のベルが鳴ってるぜ！　byヘルズ・ベル》

《#161　純平君、ターゲットを無事殺したら死体写真をアップしてくださいね。血みどろの死に顔希望。よろしくお願いします。byネクロフェリアーノ》

《#162　純平、やくざから足を洗え。自衛隊が君を待っている。by憂国ブラザー》
《#163　#160のヘルズ・ベルさんへ。はい、殺人幇助罪決定。おたくも仲良く塀の中に落ちてください。馬鹿が減って住みやすくなる。by地獄の弁護士》
《#164　みんな暇だね。純平なんてどうせ架空のネットキャラでしょ。by猫フライライス》
《#165　#163の地獄の弁護士へ。てめえをぶっ殺す！　ヘルズ・ベル氏の代わりにぶっ殺す！　by一市民》
《#166　#164さんへ。純平君の決行日は月曜早朝だということなので、明日のうちにニュースになると思います。もしも「純平」という名が報じられたら、あなたはネットから永遠に消えてください。by名無し》
《#167　自衛隊って、元やくざでも採用するわけ？　by唐獅子ベイビー》
《#168　するでしょ。兵隊さんはアタマいらないから。by名無し》
《#169　元暴走族ならうようよいるけどね。by名無し》
《#170　#166へ。じゃあニュースに名前が出なかったらおまえが消えろ。いいな。絶対に消えろよ。by猫フライライス》
《#171　純平君へ。馬鹿は相手にしないでください。わたしも同じ二十一歳なのでひ

ところだけ。自分を大切に。一度きりの二十代です。byガールA》
《#172　おれ、ある意味、純平君がうらやましい。おれなんか、三流大出の派遣労働者で、将来の希望なんて何もない。自動車部品工場の生産ラインで、正社員と同じように朝から晩まで働いて、年収二百万ちょっと。貯金ゼロ。もう三十過ぎてるし、たぶん結婚はむずかしいと思う。いつ馘《くび》を切られるかびくびくしながら、毎日働いている。家も買えないから家賃を払い続けて、食べるだけがやっとで、楽しみはパチンコぐらい。でもってそのパチンコで負けると青くなって、しばらくインスタントラーメンの日々が続く。おれの一生はこんなのかと思うと、目の前が真っ暗になる。腕と度胸があったらヤクザになりたい。仮に刑務所に入って、人生の何分の一かを無駄にするとしても、おれの一生よりはずっとましだと思う。今の世の中、ひどくね？　byハケンマン》
《#173　元自衛隊員のやくざならいっぱいいる。連中はつぶしが利かないから。憲法改正して戦争やって、馬鹿にも活躍の場を与えてやらないとね。by名無し》
《#174　なんなの、#172のハケンマンとやら。やだねえ、負け組は。愚痴こぼしてねえで、おれの車の部品でもせっせと作ってろ。手え抜くんじゃねえぞ。by愛車レクサス》
《#175　おれも派遣。喧嘩が強かったらやくざになりたい。by名無し》

《#176　#174の愛車レクサスさんへ。真面目に悩んでいる人にこういう書き込みはないと思います。退場してください。by海人ガール》
《#177　出た。海人ガール。沖縄馬鹿。まだいたのか。by南国ボーイ》
《#178　真面目に働けば普通の暮らしが出来る時代じゃなくなったのに、真面目に働けというのは、奴隷に対する態度と同じなんじゃないの？　おれは資本主義社会の奴隷になるくらいなら、アウトローになりたいね。純平君、君のやろうとしていることはレジスタンスだと思う。迷うことはない。撃っちゃってくれ。byゲバラ》
《#179　あなたこそ退場してください。by海人ガール》
《#180　#178のゲバラさんへ。凄い飛躍。やくざになるのはレジスタンスかもしれないけれど、鉄砲玉の話は関係なくね？　人殺しは犯罪でっせ。byポリス》
《#181　#180のポリ公へ。おまえアタマ悪くね？　おれは全体の話をしてるわけ。重箱の隅をつつきたいならよそへ行ってくれ。byゲバラ》
《#182　純平君、娑婆での最後の夜だね。悔いがないように思い切り遊んでくれたまえ。もう決心したんだろう？　止めやしないよ。by堅気でよかった》
《#183　みんな勝手なこと言わないの。殺人だよ？　止めるのがジョーシキでしょう。by箱入り女子》

《#184 このスレッドの発端はわたしです。ゆうべ純平と一夜を過ごしたカナです。さっきから純平に電話してるんだけど、出てくれないの。連絡取れたら、今どうなっているか報告しまーす。byカナ》

歌舞伎町のホテルに戻ったのは午後五時だった。テーブルにゴローの書置きがあり、それは《ありがとう。またね》という短い文面だった。またね、か。純平は口の中でつぶやき、ふんと鼻を鳴らした。

携帯電話を開くと、バイクで移動中にいくつか着信があった。加奈が何度かと、組からだ。反射的に背筋が伸びる。あわてて組にかけると、電話番の安藤が出た。

「坂本だけど、電話くれた？」

「ああ、さっき親分と兄貴衆がゴルフ帰りに事務所に来て、坂本を呼べって言うから、かけたんだけど、おまえ、出ないから、じゃあつかまえたら顔を見せるように伝えとけって。親分たちは今、『カサブランカ』でコーヒー飲んでる」

「どういう用事よ」

「用事じゃなくて、ただの確認じゃねえのか。純平が土壇場でびびって逃げるんじゃねえかって、そういう心配してるわけよ、親分は」

安藤のからかう口調に、純平はかっとなった。

「馬鹿野郎。おれが逃げるわけねえだろう。拳銃も手に入れたし、現場の下見もしたし、明日の早朝には弾いてるよ」

「おれに怒ってもしょうがねえだろう。とにかく、親分に顔見せて安心させてやれよ」

「ふざけるな。おれを信用してねえのか」

「だからおれに怒るなって。いやなら北島の兄貴に言ってもらえばいいじゃねえか。純平なら大丈夫ですって」

「いやだね。兄貴の手を煩《わずら》わせるほうがいやだ」

「じゃあ顔見せて来いよ。純平、今どこだ」

「新宿プリンスだけど」

「すぐそばじゃねえか。行けば小遣いぐらいくれるぞ」

「おれは子供じゃねえんだよ」

腹を立てて電話を切ったものの、親分の言いつけに背くわけにはいかない。純平は渋々出向くことにした。

親分の早田は妙に心配性のところがあった。やくざのくせにしょっちゅう健康診断を受け、医者の忠告を律儀に守る。国民年金にも入っているという噂だ。

五分ほど歩いて、幹部たちがいつも利用している喫茶店「カサブランカ」に行った。壁際に親分がいて、兄貴衆が周りを固めている。用心深いのか、臆病なのか、親分はボディガードなしではサウナにも行かない。

「ウッス。坂本、参りました」

純平は前まで行き、気をつけの姿勢で挨拶した。

「おう、悪いな。休みをやったのに、呼んだりして」親分が目を細めた。いつになく口調も柔らかだ。

「おめえ、準備は万全か」代貸が聞いた。

「はい。松坂組の矢沢も実物を見てきました。拳銃の試射も田舎でしてきました」

「そうか。見込んだだけのことはあるな。あとは頼んだぞ」親分が上機嫌で財布を取り出した。一万円札を一枚、テーブルに放る。「これでうまいもんでも食え」

「ウッス。ありがとうございます」

一万円かよ、と心の中でつぶやいた。よく見ると、親分の隣には初めて見る中年男がいた。人相風体からして同業だ。

「高橋《たかはし》会長。こいつが今度、松坂組のケジメを取ってくる、うちの若い衆です」

親分が純平を顎でしゃくり、言った。

「そうですか。早田さんのところは威勢のいい若者がいて羨《うらや》ましい」

高橋会長と呼ばれた男が、ドスの利いた声を発し、純平を見上げた。

「何をおっしゃる。うちなど吹けば飛ぶような小さな組です」

「まま。これから大きくなりますよ。大事なのは名を上げることです」

「おっしゃるとおり。で、本家のほうには会長からひとつ口利きを……」

「いきなりは無理ですが、直参《じきさん》の足がかりには……」

「もちろんです。何卒よろしくお願いします」

純平は立ったままだった。兵隊は数に入れてもらえない。

代貸が立ち上がり、純平を別の場所へと引っ張っていった。

「おまえ、そういうことだから、親分に恥だけはかかすな」耳元で言う。

「はい。もちろんです」

「手順はわかってるな。撃ったら即逃げろ。その場で捕まるな。拳銃は持ったままだ。出頭するのは半日経ってからでいい。出頭先は新宿署。拳銃はそのとき出せ。それから携帯電話は壊して捨てろ。通話記録を警察に調べられないためだ。わかったな」

「はい、わかりました」

「それから人間違いだけはするな。ハジくのは矢沢という幹部だからな」

「はい。現場を下見したとき、ちゃんと顔を確認してきました」

「そうか。こうだったか」代貸が人差し指で生え際を一直線になぞる。

「ええ。そうでした」

「だははは。じゃあ間違いない。いいか、ハジくのはそいつ一人だ。ほかの人間は撃つな。釣り合いが取れなくなって、今度はうちが狙われる」

「わかりました」

「断るまでもないが、組の指示でやったなんてことは口が裂けても言うな。自分の名前を売りたくてやった。それで通せ。警察はあれこれ脅しをかけてくるが、耳を塞《ふさ》いで耐えろ。すぐに諦める。向こうも慣れっこだ。弁護士の先生はこっちで立ててやる」

「はい」

「ところで、北島とは会ったか」

「昨日、少しだけ……」

「何か言ってたか」

「いえ、とくには……」

「何か言ってただろう」代貸が拳で胸を突いた。

「おまえの面倒は一生見てやるって——」

「ふん。北島の言いそうなことだな」代貸が鼻で笑った。「おめえ、裏切るんじゃねえぞ」

「もちろんです」即座にうなずいた。

「裏切りやがったら——」

「絶対に裏切りません」

純平は力を込めて言ったが、一方では少し心外だった。北島ならこういうとき、「信じているぞ」と熱く言ってくれる。

代貸が財布を取り出し、二万円くれた。「うちの親分はケチだな」小声で言い、肩を揺すって笑う。

「じゃあ行け。男になって来い」背中を叩かれた。

純平は喫茶店を出た。背中で親分たちの笑い声が響いていた。それはいかにも商談といった感じで、自分はただの駒だと思い知らされた。

日曜夕方の歌舞伎町は若者たちで溢れかえっている。純平は歩きながら、薄ら寒い気分になっていた。もう少し、励まされるとか、改めて感謝されるとか、そんな甘い空想をしていた。無性に誰かと会いたくなった。

携帯電話が鳴る。加奈からだった。

「ねえ、ねえ、純平。今どこ?」相変わらず元気一杯だ。

「歌舞伎町だけど」

「スレッド見てる？　すごい数の書き込みだよ。みんな純平のこと心配してる」

「おれを肴《さかな》に勝手に盛り上がるな」純平は顔をしかめ、文句を言った。

「ねえ、やっぱりやるの？　鉄砲玉っていうの」

「当たり前だ。今さら引けるか」

「沖縄へ逃げる気はある？　いいとこらしいけど」

「はあ？　逃げる気なんてねえよ。殺ったら出頭するんだよ」

「そうじゃなくて、殺る前に」

「馬鹿野郎。それじゃあ敵前逃亡じゃねえか」

「わかった。じゃあ次の質問。拳銃の試し撃ちってやった？」

「おめえ、何考えてんだ」

「いいから教えて」

「やったよ。今日、東松山で撃ってきたよ」

「ふうん。ねえ、今夜も会いたいんだけど九時過ぎにどう？　わたしと理沙、ナンパされてドライブで横浜に来ちゃってるのね。これから戻るから」

純平は呆れてものも言えなかった。吐息をつくと、了解の返事だと思われ、「じゃあまた電話するね。それからスレッドも読んでねー」と言って切られた。
とりあえず、話し相手は見つかった。最後の夜、一人で過ごさずには済みそうだ。

14

《#211　カナです。さっき純平と連絡取れました。純平は逃げる気ないみたいです。拳銃の試し撃ちも済ませたって言ってました。九時過ぎに会う約束したので、もう一度ちゃんと話を聞いてきまーす。byカナ》
《#212　ポリ公へ。おたく本格的にアタマ悪いんじゃねえの。何度言やあわかんだよ。鉄砲玉という行為も含めて全体がレジスタンスだっておれは言ってんの。ほんと馬鹿の相手は疲れる。byゲバラ》
《#213　カナさんへ。そもそもこれはどこで起きてる話なの？　東京？　大阪？　それとも沖縄？　沖縄だったら笑えるね。沖縄へ逃げるも何も、沖縄県民だし。あははは。by名無し》

《#214　東京です。byカナ》
《#215　東京のどこよ。亀戸とかだったら笑えるんだけど。by世田谷っ子》
《#216　ゲバゲバさんへ。権力者に一撃を食らわせるならともかく、やくざの抗争で人を殺すことがなんでレジスタンスなのか、あなたはひとつも答えていません。まあ、答えられないでしょうけど。あなた、カッとなるタイプの人みたいだし。退場をお勧めします。byポリス》
《#217　#215の世田谷っ子さんへ。亀戸だったらなんで笑えるわけ？　亀戸サベツ？　こういう発言、程度低過ぎ。だいたい世田谷のどこがえらいわけ？　戦前は草原でしょう。by名無し》
《#218　亀戸って、子供の学校の給食費払わない親がいっぱいいる町だっけ。by名無し》
《#219　カナです。ちょっとわたしの判断では地名を挙げられないんだけど、日本一の歓楽街として有名な街です。byカナ》
《#220　それって歌舞伎町しかないじゃん。by南国ボーイ》
《#221　#218へ。それは足立区のことです。江東区亀戸は、よい人が暮らすよい町です。by名無し》

《#222　でも世田谷のほうが土地は高い。うっしっし。by世田谷っ子》
《#223　ああいやだ。程度の低い人間は。by名無し》
《#224　今夜、みんなで純平君を止めに行きませんか。自分は埼玉ですが、これから歌舞伎町に行ってもいいです。by交渉人》
《#225　ポリ公へ。おめえ、ほんとむかつく野郎だな。友だちいねえだろう。byゲバラ》
《#226　#224の交渉人さんへ。純平君に思い留めさせるために、わたしも行っていいです。カナさん。もっと情報をください。by海人ガール》
《#227　歌舞伎町へ純平君を止めに行くって？　やくざ相手にみんな何を考えてるわけ？　by名無し》

純平はホテルに戻り、ベッドに大の字になった。窓の外に目をやる。西の空がオレンジ色に染まっていた。西新宿の高層ビル群が、無表情に突っ立っている。

リュックを引き寄せ、拳銃を磨こうと取り出すと、一緒に古本がリュックからこぼれた。

「ああそうだ。ジイサンをすっかり忘れていた」

純平はひとりごとをつぶやいた。

齋藤緑雨の『緑雨警語』という本だった。ぱらぱらとめくる。漢字にルビが振ってあるので純平にも読めた。ただし古い日本語なのでチンプンカンプンだ。
《おもへらく、親子兄弟《しんしけいてい》、是《こ》れ符牒《ふてふ》のみ。仁義忠孝《じんぎちうかう》、是《こ》れ器械《きかい》のみ》
「なんだこれは、わかんねえぞ」純平は本に向かって怒鳴った。
仁義という漢字があったので、読んでみたが、さっぱりわからない。学とはいったいどういうものなのか。どうして神様は頭の中身にこれほどの差をつけたのか。身長差はあっても二割だ。それなのに脳味噌の差は百倍くらいありそうだ。こんな不公平がどうして許されているのか。
《人《ひと》は殺《ころ》すよりも、殺《ころ》さるゝに難《かた》きものなり。殺《ころ》すよりも、殺《ころ》さるゝに資格《しかく》を要《えう》するものなり。ねがはくは殺《ころ》されん、殺《ころ》さるゝを得《え》ずば、ねがはくは殺《ころ》さん。殺《ころ》さず殺《ころ》されざるも、猶人《なほひと》たるの甲斐《かひ》ありや疑《うたが》はし》
「早口言葉かこの野郎」
気を取り直してもう一度読んでみる。
《人は殺すよりも、殺さるるに難きものなり——》
「どういう意味だよ」
これから人を殺そうとしている身としてはやけに気になった。これだから馬鹿は不便なのだ。

純平は本を放り投げた。寝返りを打つ。目を閉じた。さて、最後の夜だ。どうやって過ごそうか。

糊《のり》のきいたシーツが肌に心地よかった。刑務所ではどんな布団にくるまるのか。まさか羽毛布団ということはあるまい。

そろそろ晩飯の時間だ。腹は減っているが、とくに食べたい物はなかった。もともと粗食が身に滲みついている。

メールの着信音が鳴った。開くと信也からで、女の顔の写メール付だった。

《おれの彼女や。笑ったってくれ》

なるほど信也が言うとおり出っ歯だが、愛嬌のある出っ歯だった。ラッコに似ている。たった今写したのだろう。二人のやりとりを想像して苦笑した。

《女と飯を食ったら、また歌舞伎町へ行く。電話するで》

心がじんわりと温まった。自分は一人ではない。

純平はベッドから跳ね起きた。晩飯の前に一仕事しようと思った。ジイサンを礒江組から救出するのだ。

責任を覚えるほどやわではない。『緑雨警語』に出てくる一文がどういう意味か解説させるためだ。ジイサンがくれた本だから、ジイサンには解説する義務がある。

スカジャンに袖を通し、リュックに拳銃と本を詰めて背負った。これから敵対する組事務所に乗り込もうというのに、少しも恐くなかった。ここで相手に捕まったり、命を落としたりするわけにはいかないが、なんとかなるように思えた。根拠もなく楽観的な自分がここにいる。

窓の前に立ち、夜景に向かって中国拳法の呼吸法の真似事をした。すると全身に力がみなぎり、バトルゲームのキャラクターにでもなった気がした。

髪を撫で付け、大股で部屋を出た。


歌舞伎町の街角で客引きの若者に聞いた。

「おい。儀江組がおれを捜し回ってたか」

「それって、昨日からずっとですよ」

「今日はどうなんだ」

「二時間ほど前にも来ましたよ。儀江組の若い衆が、早田組の坂本純平を捜し出さないと兄貴に焼きを入れられるって、顔をしかめてました」

「ふん。ご苦労なこった」

どうやら組を挙げての捜索になったらしい。よその組の下っ端にコケにされれば、やくざなら誰だって腸《はらわた》が煮えくり返るだろうが。

さて、どうやってジイサンを救出するか。組事務所に監禁されているだろうから、乗り込んで連れ出すのは不可能である。たとえ銃で威嚇したとしても、こっちは一人だ。うしろから斬られたらお仕舞いである。ということは、向こうから出てきてもらうのが一番なのだが……。

純平はとりあえず礒江組を見に行くことにした。入っているビルを知っているだけで、何階にあるかも知らない。

歌舞伎町の組事務所は、街の規模と不動産事情から、仲がよかろうが悪かろうが呉越同《ごえつどう》舟《しゅう》を余儀なくされた。ひとつの雑居ビルに組事務所がふたつと右翼事務所がひとつ、という入居状況など珍しくもなんともない。早田組と礒江組にしても、その距離は直線で百メートルぐらいだ。

コマ劇場から北に進み、古い雑居ビルが建ち並ぶエリアに入った。人通りとネオンの数がぐっと減り、盛り場の喧騒が背後に遠のいていった。

礒江組の入っているビルまで行き、人がいないのを見計らってポストで部屋番号を確認した。204号室とあった。外に出て側面から見上げる。日曜の夜に電気がついている部屋は二階奥にひとつだけだった。あそこで間違いなかろう。隣のビルとは一メートルほどしか離れていない。

それにしてもオンボロなビルだった。早田組の入っているビルも似たようなものだが、錆《さび》の臭いまで漂ってきそうだ。

とりあえずビルの中に入ってみることにした。様子ぐらいは探っておきたい。抜き足差し足で階段を上る。二階の外廊下を突き当りまで進み、古びた鉄製のドアの前に立った。頭上に《礒江組》と派手な看板が掲げてある。備え付けの防犯カメラが頭上にあったので、死角を探して壁に張り付いた。いざとなったら外廊下から飛び降りて逃げられる。

中から男の話し声が聞こえた。音の響き方からして狭い事務所のようだ。世間話でも、しのぎの話でも、脅しでもない、何かの説明会でも開かれているような感じだった。息を止め、ドアに耳を近づける。

「……従って、革命初期に暴力のうねりが急速に高まったものの、それは一方で革命を成し遂げるために必要であった反面、前例がないがゆえの過激さから自己抑制が利かず、やっと自由を勝ち取ったはずが、皮肉にも恐怖政治に呑み込まれてしまうという事態を招いてしまったわけで、すなわち人類は歴史の過ちから学ぶことにより進歩すると理解していただきたい……」

ジイサンの声だった。純平は眉を寄せ、その場で固まった。

「じゃあ先生よお、革命時におけるやくざ者は、どういう動きをすればいいわけよ」

別の男の声がした。もしかしてあのときのヤギ髭だろうか?

「いい質問です。それには二通りの道があるでしょう。ひとつは権力から遠ざかり、人民の仲裁業に徹すること。もうひとつは、権力に食い込み、利権を確保すること。ただし後者はリスクを伴います。権力者が失脚すれば、一蓮托生だからです」

「先生、それは選挙も同じじってことだな」

「ご明察。さすがは幹部。頭の回転が早い」

「いやあ、それほどでもねえけどよお。ははは」

「やくざが栄えるのは、一党独裁のときに限られるのです。これは歴史が証明していますす」

「じゃあやべえよな、今の時代は」

「そのとおり——」

何をやってんだ、あのジイサン。監禁されてひどい目に遭っているかと思えば、やくざ相手に講義かよ——。純平は顔をしかめ、廊下を後退《あとずさ》りした。

再び外に出た。腕組みをして考える。放っておいてもいいような気がしてきた。少なくとも、危険を冒してまで救助しなければならない状況ではない。

考えがまとまらないまま、ブロックを一周した。隣は閉鎖された廃墟ビル、裏手はコインパーキングだった。歌舞伎町の北半分は、歯抜けのように空き地が目立ち、多くが臨時の駐車場になっている。歌舞伎町も廃《すた》れてきているのだ。

前方から男が一人歩いてきた。見ると新宿署の山田だった。純平はあわてて駐車場に身を隠した。背中のリュックには拳銃が入っている。露見したら一巻の終わりだ。

山田はほろ酔い加減らしく、散歩のようなゆっくりした足取りだった。日曜なのにほかに行くところはないのかと、純平は憐れみを覚えた。この刑事は、立場がちがうだけで、自分と同類かもしれない。

山田が駐車場の前で立ち止まる。どきりとした。見られたか。

「うー」山田は犬のように唸ると、電柱に立ち小便をした。ジョボジョボと周囲に音が響く。

純平は車の陰からその様子をのぞき、嘆息した。まったくろくでもない刑事だ。

ふと視線を横に移すと、二十メートルほど離れたところに男が二人立っていた。よく見ると、昨日のブルゾンとサングラスの二人組だった。ゴールデン街で自分を痛めつけてくれた生活安全課の刑事だ。山田を尾行しているらしい。警察組織もなかなか大変そうだ。

純平の頭の中でアイデアが閃《ひらめ》いた。自分は昨日、二人の刑事に礒江組の者だとうその身分を教えた。その礒江組はすぐ隣のビルにあり、中には西尾のジイサンが監禁されている。

山田が立ち小便を終え、再び歩き出した。距離を置いて二人組もあとに続く。

純平は周囲を見回した。金網に風俗店のプラカードがくくりつけてあったので、針金を解いて手に取った。木材のプラカードは、人の後頭部を叩くのに丁度いい形と大きさだ。

そっとあとをつけた。急に汗が出てきて、背中を滴《しずく》が垂れた。曲がり角に差し掛かったところで、追いついた。尾行する人間は、自分が尾行されているとは一切思わないのか、まるで無防備だった。

ええい。なるようになれ――。うしろから二人に襲いかかった。

続けてそれぞれの頭に打ち下ろす。合板部分だったので思いがけずいい音がした。二人は両手で頭を押さえ、驚愕の面持ちで振り返った。

「な、な、な……」二人は声が出なかった。一人はパニックで地面を這いつくばっている。

「やい。悪徳刑事ども。昨日のお返しだ。罪もない市民に手えかけやがって。訴えられないだけありがたいと思え！」

純平が怒鳴りつけると、二人はやっと我に返り、純平の顔と手にしたプラカードとを交金か」

「貴様、山田の情報屋とかいう礒江組のチンピラ……」とブルゾンが言う。「山田の差し

互に見比べた。

なるほど、そういう推理も出てくるわけか。その山田は、後方で起きた出来事にまるで気づくことなく、先の角を曲がっていった。

「文句があったら山田さんに言え！」

純平は便乗してそう言い捨てると、踵を返し、駆け出した。

「コラァ！　待て！　傷害と公務執行妨害で逮捕だ！」

二人が追いかけてきた。道端に停めてあった自転車を倒し妨害すると、運動神経が鈍いのか、二人は見事に蹴《け》躓《つまず》いて転んだ。「野郎！」頭から湯気を出している。

純平は礒江組の入っているビルに駆け込み、階段を駆け上がった。二人もあとを追って突入してくる。二階の外廊下を走り、礒江組のドアの前で手すりをまたぎ、下に飛び降りた。廃墟ビルとの隙間で、そのまま息をひそめる。

二人が二階に上がってきた。猪のように突き当りまで進むと、礒江組のドアを激しく叩いた。「コラァ！　開けろ！」大声で怒鳴る。

中の組員たちは、突然の怒声にさぞや驚いていることだろうと、純平は想像した。普通

に考えればやくざの出入りである。

二人はなおもドアを叩き、蹴った。完全に頭に来ているらしく、怒鳴りまくっている。しばらくして、インターホンから応答があった。

「誰だ、この野郎！」儀江組も極道なので、負けじと大声だ。

「警察だ。新宿署だ。この野郎！　なめた真似しやがると承知しねえぞ！」

「警察？」インターホンが絶句した。

「早く開けろ！　ドアぶち壊すぞ！」

「警察って、令状はあんのか」

「うるせえ！　利いたふうな口叩くんじゃねえ！」

二人は興奮の極みで、鉄製のドアがへこむほど蹴飛ばし続けた。

さて、どう出るか。儀江組もジイサンを監禁しているので、おいそれとは開けられない。中にいる連中が、警察の突然の訪問に思い当たるのは、ジイサンの拉致監禁しかない。中はきっと大慌てだ。

十秒ほど間があって、ドアロックを外す音がした。純平は壁に張り付き、耳を澄ませた。ドアが開く。

「手帳を見せてくれ」男が低く言った。

「馬鹿野郎！　新宿署の生活安全課だ。顔ぐらい憶えとけ！」

「じゃあセイアンが何の用だ」

「さっきの若造を出しやがれ！」

「はあ？　さっきの若造？　何の話だ」

「とぼけんじゃねえ！　そこの角でおれらを襲ったチンピラだ！」

二人がドアを引っ張る。チェーンがまだかかっていて、ガンガンという音が周囲に響いていた。

純平は腰を低くしたまま、ビルの裏手に回った。やつらが逃げるとしたら、ベランダからだ。

駐車場に面した裏手に到着する。見上げたら、儀江組の部屋のサッシの窓が開いて、人がベランダに出るところだった。西尾のジイサンだ。若い衆も一人いる。

「おい、こっちだ」純平はささやき声を上げた。「ジイサン、飛び降りろ。おれが受け止めてやる」

「やや、君は」ジイサンが驚いている。若い衆は何がなんだかわからない様子だ。

「早くしろ。警察に踏み込まれるぞ」

「はい。すんません」若い衆が言った。助けと思ったらしい。いい具合に誤解してくれた。

ジイサンが手すりをまたぐ。若い衆が尻を持ち上げて手伝った。

「おい、ここは高いぞ。飛び降りたら怪我をする」とジイサン。

「じゃあ、駐車してある車の屋根に飛び降りろ」純平が怒鳴りつけた。

ジイサンが宙に舞う。よりによって新型メルセデスの屋根にドスンと尻から落ちた。鉄板がきれいにへこんだ。

「痛たたた。腰を打った」

「早く降りろ」純平はジイサンを車の屋根から下ろした。「じゃあな。うまくごまかせよ」ベランダの若い衆に向かって言い、片手を挙げる。

「すいませんでした」若い衆が薄闇の中で頭を下げた。

きっとこのあと、連中は、いったい何が起きたのかと大混乱することだろう。それを思うと笑いが込み上げてきた。

「おい、走るぞ」

「腰が痛い」

「我慢しろよ」

ジイサンの背中を押して歌舞伎町の路地を走った。これで心残りはなくなった。

15

ジイサンが息を切らしたので、早田組の事務所に一時避難することにした。新宿署の二人組も礒江組も混乱しているだろうから、すぐには純平の仕業《しわざ》とはばれまいと思った。

歌舞伎町を三分ほど走って早田組に着いた。事務所にいたのは留守番の安藤が一人きりだ。ソファに寝転がり、テレビを見ていた。

「苦しい。水をくれ」ジイサンが息を荒くして言う。

「冷蔵庫の中にあるもん、勝手に飲め」純平が顎をしゃくった。

ジイサンが冷蔵庫を開けて物色する。「やや、こんなところにビールが。しかもよく冷えている」

純平が振り向いたときには、勝手にビールを取り出し、プルトップの金具を引いていた。

「誰だ、そのオッサン」安藤がうつろな目で聞いてきた。クスリをやっていると純平は直感でわかった。

「ちょっとした知り合いよ」

純平は手前のテーブルを見て顔をしかめた。そこには吸引を示すパラフィン紙とストローがあった。空いているソファに腰を下ろす。

「何やってんだ」

「コカイン。黒人の売人《ばいにん》から分けてもらってよ」

「まずいんじゃねえのか。兄貴衆の留守に。知れたら大事だぞ」

「留守だからやってんだろう。何か？　おまえ、兄貴に告げ口する気か？」

安藤に悪びれる様子はなかった。半袖シャツからのぞく刺青をポリポリと搔《か》いている。

「しねえよ。だいたいおれはもうすぐいなくなるんだ」

「純平も貧乏くじ引いたな」安藤が口の端を持ち上げ、薄笑いした。

「どういう意味だ。おれは自分の意思で行くんだぞ。出てきたときは、北島の兄貴も一家名乗りしてんだろうから、おれは北島組の代貸よ」

純平は気分を害して言い返した。

「へへ。お人よしめ。おまえ、北島の兄貴を買い被り過ぎてんじゃねえのか」

「なんだと、こら。兄貴の悪口を言うやつは、たとえ兄弟でも許さねえぞ」

「あのな、言っとくが、おまえが鉄砲玉になるのと引き換えに、北島の兄貴は一家名乗りを許可されるんだからな。てえことは、要するに、おまえは兄貴分と親分との取引材料にされたってことだろう。ちがうか？」

純平は一瞬にして頭に血が昇った。同時に思い出した。昨日あたりから、歌舞伎町で北島の独立が噂されていた。あれは、こういう裏があったのか。

「おい。聞き捨てならんな。それはどこで聞いた話だ」

もちろん信じる気はない。

「おれの兄貴が言ってたんだよ。北島もひでえことしやがるなって。親分がこれまでなかなか許可しなかったが、純平を差し出すことで、自分の看板掲げることができるって。おまえ、せいぜい差し入れの回数増やしてもらうことだな」

「うそだね。やい安藤。てめえはおれと兄貴の関係に嫉妬して、そんな出鱈目《でたらめ》言ってんだろう」

純平はつばきを飛ばして否定した。逆流した血が全身を駆け巡る。

「ふん。いよいよ御目出度い野郎だな」

「おい、取り消せ」

純平は立ち上がり、安藤の胸倉をつかんで引っ張り上げた。

「やめろ。おれに八つ当たりするな」面倒くさそうに言った。

「うるせえ。北島の兄貴がおれを売るような真似をするわけがねえだろう」

「じゃあ、なんで北島の兄貴は、おまえが鉄砲玉になることを簡単に認めたんだ。だいたい松坂組の幹部のタマを獲るなんて話自体、親分の本家への点数稼ぎだろう。おまえは二重の意味で生贄《いけにえ》なんだよ」

純平は安藤をソファに叩きつけると、リュックから拳銃を取り出した。

「取り消せ。言ったこと取り消せ。でねえとおれはおまえを撃つぞ」

本当に撃ってもいいと思った。殺意まではないが、激しい真似をしないと気持ちが治まらない。

「おまえもややこしい野郎だな。撃ちたきゃ好きにしろ」

安藤はクスリで酩酊状態にあるせいか、怯えることなく言い放った。

「取り消せ。いいから取り消せ！」

純平は安藤を足蹴にして怒鳴りつけた。怒りのメーターが一気に振り切る。

「おい、坂本君。穏やかじゃないな」背中でジイサンがビールを飲みながら言った。

「うるせえ。黙ってろ！」

「その拳銃は本物なのかな。だったら一度ぼくも——」

「黙ってろって言ってんだろう！」

テーブルを蹴飛ばし、ひっくり返した。

「純平。おまえは元気一杯だな。いったい何を信じて生きてんだ」

安藤がソファに体を預けて言った。死人のように脱力しきっている。

「やい。おかしな話をするんじゃねえ。おれはな、おまえの御託《ごたく》を取り消せって言ってんだ」

「おれな、憧れて入った極道の世界だけど、近頃すっかりテンション下がっちまってな。指詰めて済むなら足洗おうかなんて考えてんだよ」

「じゃあ、とっとと詰めろ。なんならおれが詰めてやる」

「そう怒るなって。おれ、親父がいねえだろう。だから親分とか、兄貴とか、家族みてえなつもりで慕って、なんとか一家の役に立とうと思って頑張ってきたけど、なんて言うか、おれら兵隊なんて、所詮は将棋の駒じゃねえかってわかってさ……。忠義を尽くせば認められるってわけじゃねえんだよな。今のやくざって、頭がよくて金の稼げるやつは大事にされて、おれらみてえな喧嘩だけの人間は下っ端としてこき使われて、堅気も真っ青の格差社会じゃん。今回は純平が鉄砲玉を指名されたけど、おれの兄貴が独立したがってたら、おれがやらされることになったかもしれねえんだよな。おれも最初は、鉄砲玉に純平が指名されたとき、かなり嫉妬して、なんでおれじゃねえのかって、頭に来たけれど、そういう裏事情を知らされたら、なんていうか、やる気がなくなって……」

「だから何だ。てめえ、おれに同情してんのか」

「そうじゃなくてよお、純平は何を支えにして生きてんのかって思ってよお。淋しくねえのか。おれ、淋しいんだよ。こうやって日曜日の夜、一人で事務所の番してて、話し相手もいなくて、なんか根無し草だなあって……」

「うるせえなあ。湿っぽい話をしやがって。おれだって根無し草だよ。生きる支えなんか何もねえよ」

「それで平気なのかよ」

「平気も悪いも、手に入らねえもんはしょうがねえだろう！」

「怒鳴るなって。耳が痛えよ」

「やい。それより取り消せ。北島の兄貴がおれを売ったたって話、取り消せ」

純平の胸の中で寂寥《せきりょう》の思いがふくらみ、泣きたくなってきた。もし、安藤が言っていることが本当だとして、北島の兄貴はどうして相談してくれなかったのか。おまえが懲役に行けばおれは親分から一家名乗りが許される、そう言ってくれれば、自分はよろこんで鉄砲玉になったのだ。

「取り消さねえよ。だって本当だもん」

「取り消せ」

「いやだね。撃ちたきゃ撃て。おれは死んで天国に行くんだ」

いよいよ安藤の目つきがおかしくなってきた。焦点が定まらず、宙を泳いでいる。

「てめえ、汚ねえぞ。ヤクなんかに頼りやがって。おれなんか、最後の夜なのに酒も飲んでねえんだぞ」

「ああ、そうだ。じゃあ、純平に残りのコカイン、やるよ。結構上物《じょうもの》だぞ」

安藤がシャツのポケットから包みを取り出した。「ほれ」ひらひらと振っている。

純平は思わずひったくっていた。

16

コカインの袋をポケットに突っ込み、純平は事務所を出た。安藤から聞かされた話に、塩を被ったナメクジのように打ちひしがれていた。体中から力が抜けてしまった。北島に会って確かめたいが、そんな勇気はない。

「おーい、坂本君。どこへ行くんだね」

うしろから西尾のジイサンが、缶ビールを片手についてきた。返事をする気力もない。

「ここいらをぶらついてるとまずいんじゃないのか。ほら、礒江組がそろそろ事情を知って追いかけてくるぞ」

純平は目の前のサラ金の立て看板を蹴飛ばした。ドミノ式に道端の看板が三つほど倒れた。野良猫が驚いて駆け出していく。

「そろそろ晩飯時だが、どうだね、ここらで腹ごしらえをするというのは」

「うるせえな」

口の中でつぶやき、あてもなく歩を進めた。食欲はなかった。娑婆での最後の晩餐だというのに。

「やや、ここにおいしそうな焼肉屋が。坂本君、カルビで生ビールというのはどうかね」

「うるせえって言ってんだろう」純平は振り向いて怒鳴りつけた。「焼肉はゆうべ食ったんだよ。その前の晩もだ」

「若いんだからいくらでも食べられるだろう。ぼくは焼肉なんて久しく食べていない。もしかしたらもう食べられないかもしれない」

「得意の無銭飲食をすりゃあいいじゃねえか」

「焼肉を一人で食べるってのは味気ないものだ」

「何を贅沢言ってやがる」

「ぼくは今焼肉が食べたい。体が内側から動物性脂肪を求めるなんて、久方ぶりのことだ。君にはわからんだろうが、歳をとると脂っこいものは体が受け付けない」

「だから何なんだよ」

「食べたくなった今を逃すのは、まことにもったいない」

「馬鹿野郎。付き合いきれるか」

「そう言わないで。さっき君の事務所で聞いた話によると、君は鉄砲玉とやらになるそうじゃないか」

「ジイサンに関係あるか」

「乗りかかった船だ。ひとつ相談に乗ろう。焼肉を食べながら」

純平は怒鳴りつけてやろうと思い、振り返ると、ジイサンが焼肉屋の入り口の前にかがんで、親にねだる子供のようにショーケースをのぞき込んでいた。鼻から息が漏れる。

純平は諦めて焼肉屋に入ることにした。食欲はないが、喉は渇いていた。椅子にも座りたい。いちばんしたいのは、気持ちを落ち着かせることだ。

店内に入ると冷房が肌を突き刺し、自分が汗まみれだったことに気づいた。案内されたテーブルに腰を下ろす。あちこちで韓国語が飛び交い、客たちが日曜の夜の晩餐を愉《たの》しんでいた。

肉の注文はジイサンに任せ、純平は生ビールを飲んだ。これが最後かと思うと苦味が口壁に滲みた。たばこに火をつけ、椅子に深くもたれる。風邪でもひいたかのように、全身が熱っぽかった。

「坂本君、ここのユッケはうまいぞ」ジイサンが目を細めて言う。

「うるせえ。黙って食え」

「誰かとしゃべりながら食べるからうまいんだ。なあ坂本君、さっきの話だが、鉄砲玉っていうのは、すなわち対立する暴力団の誰かを殺すことを指すんだよね」

「ああそうだ。明日の早朝、おれは人を殺す」

「拳銃はそのためのものか」

ジイサンが横に置いたリュックを顎でしゃくった。

「でなきゃなんだって言うんだ。おれはガンマニアか」

「じゃあ、せいぜいしくじらないことだな」

どうせ止められるのだろうと思っていたので、純平は拍子抜けした。

カルビの皿が到着し、ジイサンがそれを網に並べた。ジュッといういい音が弾ける。

「いたずらに人命を重く見る必要はない。それに罪もない堅気を殺そうってわけじゃない。そうだろう?」

「ああ、向こうもやくざだ」

「じゃあ、お互い覚悟の上だ」

ジイサンがカルビを頬張る。その言葉にはなんとなく説得力があった。

「うまいね、カルビは。何年ぶりだろう。ほれ、坂本君。塀の向こうに落ちたらあと何年も食べられんぞ」

箸でつまんでひらひらと振る。「くそったれが」純平は舌打ちすると、カルビに箸を伸ばした。甘辛いたれが舌に載る。三日連続なのにうまかった。

「ああ、そうだ。ジイサンにひとつ聞きたかったことがあんだ」純平はリュックから齋藤緑雨の本を取り出した。折ってあったページを開き、ジイサンに差し出す。「ここに書いてあるの、どういう意味だ」

「どれどれ……」ジイサンがポケットから老眼鏡を取り出して鼻に載せ、朗読した。「人は殺すよりも、殺さるるに難きものなり。殺すよりも、殺さるるに資格を要するものなり。願わくは殺されん、殺さるるを得ずば、願わくは殺さん。殺さず殺されざるも、猶人たるの甲斐ありや疑わし。……坂本君はこの警句に興味を示したのかな」

「別に興味なんかねえよ。ただ、殺すとか殺されねえとか、物騒なことが書いてあるからよお」

「簡単に言えば、殺し屋よりも、殺される人間のほうが価値が上だということだ」

「ああ？　おれのほうが下なのか。何でだよ」純平は気分を害し、思わず声を荒らげた。

「だってそうだろう。報復にしろ、戦争を仕掛けるにしろ、価値のない人間を殺してもしょうがない。君が殺そうとしている人間が、君より格下の人間だったら、殺す意味がない。君らの世界は、釣り合いで動いているんだろう」

純平は返事に詰まった。胸の中に不愉快な気持ちが充満した。荒い鼻息を吐く。店員をつかまえ、「おい、ここホルモンをくれ。それから、生ビールお代わりだ」とぞんざいに言いつけた。

「いいねえ、ホルモン。年寄りには噛み応えがあり過ぎるが、君との記念にぼくも食べよう」ジイサンがそう言って静かに微笑み、話を続けた。「たとえば、さあ殺せ、と大の字になる輩《やから》がいる。しかしその輩は、自分に殺されるだけの価値がないことを知っていてやっているに過ぎない。向こうだって内心、こんな奴を殺してもしょうがないと思っている。それを当人は知っている。本当に価値のある人間は開き直ったりはしない。開き直るのはいつも誰からも頼りにされていない価値の低い人間だ」

純平は三日前のことを思い出した。礒江組を相手に、自分は「さあ、殺しやがれ」と大の字になった。じんわりと顔が熱くなる。自分がしょっちゅう開き直るのは、失うものがないからだ。北島は喧嘩をするとき、常に落としどころを計っている。それに比べて自分は猪突猛進の兵隊だ。要するに、鉄砲玉が相応《ふさわ》しいのだ。

「若者が死を恐れないのは、人生を知らないからである。知らないのは、ないのと同じだから、惜しいとも思わない。我が子を抱いた感動も、大業を成しえたよろこびも、肉親を看取《みと》った悲しみも、旧友と語り明かした温かみも、ろくな経験がないから、今燃え尽きてもいいなどと平気で言う。まったく若者はおめでたい生き物だ。おまけにやっかいなのは、渦中にいる者はその価値がわからないということだ。健康の価値は病気にならないとわからないのと同様、若さの価値は歳をとらないとわからない。まこと神様は意地が悪い」

いつもならチンプンカンプンの小難しい話が、今日に限って耳に入ってきた。その都度、純平の心は風になめられた稲穂のようにざわざわと揺れる。

なんとなくヤケクソな気分になり、届いたホルモンを網に敷き詰め、片っ端から食べた。

「おい、まだ生焼けだろう。ホルモンはちゃんと脂を落として食べないと」

ジイサンが箸で指して言った。

「うるせえ。おれは待てねえんだ」

「そうか。好きにしなさい。若いと大変だなあ。成功体験が乏しいから、待つことを知らない。今しか見えない。待った先に何があるかわからない。ああ、青春は面倒だ。もう一回やれと言われても、ぼくはいやだ」

「うるせえなあ。黙って食えねえのかよ」

「話しながら食べるからうまいんだろう」

ジイサンが赤ら顔で言った。いつの間にかほろ酔い加減だ。

純平はそんなことより白い御飯が食べたくなり、大盛りで注文した。刑務所の飯は麦が混ざっていると聞いたことがある。純平の好物は、白い御飯なのだ。

腕時計を見ると午後八時だった。もう残りは数時間しかない。

「おい、ここ網を替えてくれ。それから上カルビを追加だ」

「ぼくはロースをくれ」ジイサンが片手を上げる。

純平はものを言う気も起きず、食べることに専念した。ついさっきまで食欲がなかったのがうそのように、肉が喉を通っていく。

「ちなみに、このまま逃げると君はどうなる」とジイサン。

「ほかの組員に示しがつかねえから、捜し出されて、組からケジメを取られるだろうな」

「そうか。大変だな、稼業の世界も」ジイサンが眉を寄せてしばし考え込んだ。「さっき、しくじらないようにといったが、せめて撃つなら腹のあたりにしてくれないか」

「どうしてよ」

「殺すほどの相手じゃないんだろう？　我が国の人口減少化を食い止めるのにひとつ貢献してはどうだね」

純平は洟をひとつすすり、御飯を口に押し込んだ。「そうはいくか。おれの男がかかってんだ」むしゃむしゃと食べながら返答した。

「まあいい。ぼくは君の運を信じている」

「どういう意味だよ」

「考えなくていい」

ジイサンは肉を食べ疲れたのか、ヤギのようにサンチュをぱりぱりとかじっていた。それにしても、どうして自分はこんな夜に、こんな老人と一緒に飯を食っているのか。韓国語が飛び交う店内で、純平は現実を探すのに苦労していた。

店を出てジイサンと別れた。蹴飛ばしてでも追い返そうと思っていたが、「最後の夜なら、こんな年寄りといちゃいかんなあ」と自分から辞去した。去り際、「また会いたいな」と言うので、「じゃあ長生きしろ」と言い返した。

一人でコマ劇場前の広場まで歩いたところで、ふと思い出し、携帯でネットの掲示板をのぞいてみた。タイムリミットが迫っているせいか、凄まじい数の書き込みがあった。

《#245　純平君。いよいよだね。期待してるよ。新聞読むのがこんなに楽しみなのは初めてだよ。派手に三人ぐらい殺しちゃってね。byキラークイーン》

《#246　純平君。その瞬間を誰かに撮ってもらって、動画のアップお願いします。消される前に小生がコピーして世界中にばら撒いてあげます。by名無し》

《#247　純平君。最後の夜でしょ。ただでやらせてあげるから、ここに電話してね。090—×××—××××。byモナリザ》

《#248　純平様。新潮出版の藤本と申します。殺っちゃったときは当社で手記を出版させてください。小菅でも府中でもうかがいます！　by藤本》

《#249　純平さん。わたしは中2の女の子ですが、人を殺すのはよくないと思います。それは誰にでも生きる権利があるからです。殺生が許されるのは、食べるためだけです。だから殺したら食べてください。byイルカ中2年A組》

《#250　純平君。人違いに気をつけてくださいね。ちゃんとターゲットは確認しましたか？　顔がそっくりの人が世の中に三人いるといいます。さあ、あなたは不安になる。

そっくりさん、撃っちゃった。by名無し》
《#251　#249のイルカさんへ。そのコメント、まじウケ。by名無し》
《#252　純平君の説得部隊はどうなりましたか？　ぼくも参加したいんですけど。阿佐ヶ谷在住なのですぐに行けます。by三流私大生》
《#253　純平君の姿も、時間も場所も、わからないこと尽くしなのに集まってどうするの。みんな孤独を紛らわせたいだけなんじゃないの。by四流私大生》
《#254　カナさんからの情報を待ちましょう。わたしは行きます。by海人ガール》
《#255　誰か警察に通報したらどうですか？　歌舞伎町ってことは新宿署でしょ？警察ならいろんな情報持ってるし、止められるかも。by一流浪人》
《#256　じゃあ自分で通報すればいいじゃん。by名無し》
《#257　警察は動かないね。学校を爆破するとか、そういう予告には神経質だけど、やくざ同士の抗争なんて、勝手にやればってもんだと思う。by夜更けの刑事》
《#258　カナでーす。もうすぐ歌舞伎町に戻ります。純平君に会います。伝言あったら受け付けます。byカナ》

純平は眉をひそめた。カナってあの加奈か。いったい自分を出汁《だし》にして、ネットの掲示板で何をしているのか。おまけに説得部隊って何のことだ。

《#259　みんな、日曜の夜の退屈しのぎにはいいよね。純平君とかいう若いやくざを、思い留まらせるなんて、いかにも良心的でさ。でもさあ、なんか上から目線なんだよね。結局、優越感に浸りたいだけなんじゃないの。by暇人》

《#260　純平なんて実際にはいないって。みんなカナとかいう女の作り話。みんな、どうして簡単に信じちゃうのかねえ。by名無し》

《#261　カナ、実は男だったりして。キモー。by名無し》

《#262　カナ、北朝鮮工作員説もあり。by外務省》

《#263　#259の暇人さんへ。上から目線ってどういうことですか。少なくともわたしは同じ目線で純平君を見ています。心から彼を救ってあげたい。それだけの気持ちです。by海人ガール》

《#264　カナさんへ。ぜひ決行の場所と時間を聞き出してください。みんなでそこへ行きましょう。by交渉人》

《#265　しかし海人ガールってしつこいね。「救ってあげたい」なんて物言い自体が上から目線なの。この女、学校でも職場でもうざってえんだろうなあ。もう死ねよ。by南

国ボーイ》
《#266　南国ボーイ、しつこい。性根が腐ってる。憐れをもよおす。by名無し》
《#267　カナ、宇宙人説もあり。byウルトラマン》
《#268　→　つまんねー。byウルトラセブン》
《#269　参加者が増えたせいか、ふざけた書き込みが増えた気がします。みなさん、真剣に考えましょう。二十一歳の若者が、これから殺人を犯そうとしているのです。あらゆる手を使って止めるのが、人の道というものでしょう。茶化すのはいい加減にしてください。by名無し》
《#270　#269へ。じゃあおめえがハンドマイク持って、「純平君、考え直しましょう」ってがなりながら、歌舞伎町を歩いて回ればいいじゃねえか。恰好つけんじゃねえよ。ちなみにおれは大阪在住だから高見の見物としゃれ込むつもり。面白い結末、期待してるぜ。by浪速っ子》
《#271　純平君へ。このスレッドをもし読んでいるなら、あなたも書き込んでください。今どんな心境ですか？　考え直そうとは思いませんか？　by名無し》
純平は携帯電話を手にしたまま、しばらく立ち尽くした。返事を打ってやろうか。文面を考えてみる。《おれを肴に盛り上がってるんじゃねえ。おれは引き返さねえぞ》——。考えただけで、やめておいた。暇なネットおたくどもに、ネタを提供するだけだ。乾いた夜風が吹いてきた。日曜の夜なので、普段よりは人通りは少ない。路地の突き当たりでつむじ風になり、ピンクチラシを宙に舞わせている。

無性に北島の声を聞きたくなった。さっき安藤から聞いた話が、心に引っかかっている。兄貴に否定して欲しかった。そんなことおれがすると思ってんのか。てめえ、おれを疑ってやがんのか——。いつもの調子で啖呵を切ってくれれば、大喜びで馳せ参じ、土下座して謝るのだ。

携帯の画面に北島の番号を映し出した。通話ボタンを押せば北島のいつもの声が聞こえる。

ひとつ深呼吸した。婆婆に悔いを残したくないので押した。プププと電子音が小さく鳴る。北島はすぐに出た。

「おう純平。どうした。何かあったか」明るくやさしい声だった。

「い、いえ、べ、別にないです」緊張して舌がもつれた。「そ、その、おれ、明日の夜明け、しっかり弾いてきますから、兄貴は心配しないでください」

「心配なんかしてねえよ。おめえはいざとなったら肝の据わる男だ。おれはちゃんと知ってるよ。それより無理はするな。弾くのは一人だけでいいんだ。仕事をしてさっさと立ち去れ」

「わかりました。ありがとうございます」

「おめえ、今誰といるんだ」

「女といます」うそを言った。

「そりゃあいい。ホテルは代えたんだよな」

「新宿プリンスのスイートに泊まってます」

「はははは。やるじゃねえか。最後の晩だ。夜景でも眺めて、彼女とゆっくり過ごしな」

「ありがとうございます」

「用はそれだけか」

「そうです」

言い出す気持ちはなくなっていた。信頼を壊したくなかったし、声を聞いたら何かが満たされた。

「純平。すまねえな。おめえが務めてる間、おれはせいぜい立派な兄貴分になるからな。待っててくれ」

「待ってます」

「じゃあな」

「はい」

電話を切った。真相などどうでもよくなった。自分の信じることが真実だ。

もう一人、声を聞きたい人間がいることを思い出し、純平は立ち上がった。「白鳥と湖」のダンサー、カオリだ。それだけ済ませて娑婆とおさらばだ。

日曜のショーはいつもより開始時間が早く、純平が通用口から入ったときはすでにセカンドショーの終盤だった。何度も通っているうちに、少し見ただけで演目のどのあたりかわかるようになってしまった。

モーニングジャケットに網タイツ姿のカオリが、シルクハットとステッキを小道具に踊っていた。純平は壁にもたれ、静かな気持ちで眺めていた。もはやこの腕で抱きしめたいとか、キスしたいとか、そんな望みはない。自分とはまったくちがう青春を歩む彼女を、瞼に焼き付けておきたいだけだ。

ステージはやがてフィナーレを迎え、ダンサーたちが並び、盛大な拍手を浴びている。カオリは最前列中央にいて、まぶしいばかりの笑顔を見せていた。

純平は楽屋口で、引き上げるダンサーたちに声をかけた。

「よお、キャサリン。楽しかったよ。ありがとう」

「あら純ちゃん。儀江組とはどうなったの。みんな心配してんのよ」

「もう済んだ。おれがキャンと言わせてやったから、もう来ねえだろうよ」

「それほんと？　わたしが頼んだことだから、少しは責任感じてるのよ」

「ほんとに済んだんだ。向こうは仕返ししたくてもできねえんだ」

「どうして？」

「どうしてもだ」

「ふうん。ねえ、ヒロミの敷金取り返してもらったお礼、ちゃんとしたいから、来週、みんなで御飯奢らせてよ」

「お、いいねえ。ご馳走になるよ」

「焼肉なんかどう？」

「ああ、大好物だ」

「じゃあ、日取りはまた連絡する」

キャサリンは太い腕で純平をハグすると、頰っぺたにキスをした。いつもなら身をよじってよけようとする純平が、今夜はされるがままなので、キャサリンは意外そうに手を離した。

「ねえ、疲れてる?」顔をのぞき込んで言う。

「ちょっとだけね」

「だめよ、明日から一週間が始まるんだから。今夜はちゃんと休みなさい」

「ああ、わかった」

そこへカオリが通りかかった。「あ、ちょっといいかな」粋がることなく、普通に声をかけることができた。

「なんですか」カオリは毎度緊張気味だ。やくざなんかとは仲良くしたくないだろうから当然だ。

「あんたの将来の夢、聞いてもいい?」

「夢? わたしの?」カオリが、何を言い出すのかという表情で、しばし絶句した。

「そう。だって、ずっと歌舞伎町にいたいわけじゃねえだろう」

「それはそうだけど……。でも、聞いてどうするの」

「知りたいんだよ、あんたみたいないい女が、どんな夢を持ってるのか」

「いい女って、そんなふうに買い被られると……」

「いいから教えてよ」

カオリが真顔になった。

「あんまり人に言ったことないけど、三年以内にニューヨークのブロードウェイでチャレンジしたい」

カオリが照れて言った。語尾の調子が弱かったのだ。

「ふうん。ニューヨークかあ。本場だもんな。おれだって知ってるよ。そう。実現するといいね。おれ、陰で応援してる」

「ほんとに？　うれしいけど」カオリが表情を崩す。雪の中のリスのように可愛らしく、温かかった。

「じゃあ、頑張って」

「ありがとう。でも、どうかした？」

「どうもしやしないさ」

「なんか、今日の純平さん、お別れでも言いに来たみたい」

「なんでそう思うのさ」

「だって、改まったこと聞くんだもん」

「いいじゃん、たまには」

「じゃあ、純平さんの夢は？」

「ねえよ」

「ないの？」

「だから肩身が狭《せめ》えんだ」

「これから探して」

「ああ、探すよ」

これ以上話していると、余計な欲望が湧いてきそうなので純平は踵を返した。もう充分だ。思い残すことはない。

そもそも自分にとって、世間は楽園ではなかった。人生は希望に満ちたものではなかった。しかしそれでも、曲がりなりにも二十一年間生きてきたし、数え切れないほど笑ったのだ。この先の十年が刑務所暮らしであることぐらい、どうってことはない。


店を出るとすぐに携帯が鳴った。信也からだった。

「遅なってすまん。今、歌舞伎町に着いたわ。あんた、どこにおんねん」

「風林会館のすぐ前だ」

「ほなすぐ行くわ。待っとってや」

漫才の掛け合いのようにポンポンと言葉を発し、電話が切れた。

切れた途端にまた携帯が鳴った。今度は加奈からだった。

「ヤッホー。純平君、帰ってきたよ。今どこ？」

「風林会館前だよ」

「じゃあ近くのクラブで、これからオールナイトのパーティーがあるから一緒に行こう。迎えに行くね」

「それより、おまえ――」

ネット掲示板のことで文句を言う前に切られた。

純平は携帯をポケットにしまい、ため息をついた。たばこに火をつける。夜空に向けて煙を吐き出す。日曜の夜だというのに周囲はキャバクラの客引きだらけだった。

17

先にやってきたのは信也だった。酒が入っているらしく、顔は赤く、声が大きかった。

「よお、兄弟。こっちは済ませたんかい。まだやったら、おれはすぐに退散するけどな」

小指を立てて、犬のように目を細める。

「済ませたよ。気にするな。女に仕事のことは言ってねえんだ。泣かれると困るしな」

純平が人差し指で鼻の下をこすって答えた。うそも慣れた。

「かっこええなあ、純平は。おれもあやかりたいわ」信也はそう言うと、手提げの紙袋から、なにやら黒っぽいチョッキのようなものを取り出した。「これ、あんたに渡そうと思ってな。それで戻って来たんや」

手渡されると、ずしりと重かった。

「防刃《ぼうじん》チョッキや。防弾とはいかんけど、それでも身は守れる。うちの親分がな、組の若い衆が出入りで刺されて死んだとき、ポケットマネーで買って、組員全員に配ったんや。『おまえら、親より先に死んだらアカン』って言ってな。ドンくさいテキ屋やけど、なんかグッときてな。おれも真似したんや。純平、死んだらアカンぞ」

「ああ、ありがとうよ」

予想もしなかったプレゼントに、純平は鼻の奥がつんときた。考えてみれば、自分は人から物を贈られた経験がない。

スカジャンを脱ぎ、Tシャツの上に着る。両手で表面をさすると、ポケットに何か入っていて、それはお守りだった。

「前に伊勢神宮で買ったもんや。どうせなら有名どころのほうがご利益あるんやないかと思ってな」

「兄弟。あれこれ世話を焼くと、捕まったとき、そっちにまで面倒が行くぞ」

「かまうか。なんなら出頭するとき、おれが付き添ったるで」

信也が自分の胸を叩く。しばらく無言で見詰め合い、どちらともなく笑い出した。

「ヤッホー。お待たせ」

そこへ加奈と理沙が、ゴム鞠《まり》が弾むように現れた。二日前に知り合ったばかりなのに、なんだか同級生のように思えた。二人とも、前とはちがった髪形と服装をしていた。いったい歌舞伎町でどんな二晩を過ごしたことやら。

「なんや、なんや」信也が色めき立っている。「お姉ちゃんたち、なんやのん」

「あんたこそ誰よ」と加奈。

「おれは純平の兄弟分で、信也ってモンや」

「うっそー。じゃああんたもヤーサン？」理沙が顔をほころばせた。馴れ馴れしく、腕を揺すっている。

「おう。錦糸町は清和会鬼島組のれっきとした組員よ」

「ねえ、ねえ、じゃあわたしと友だちになって。昨日から加奈が自慢するのよ。わたし、ヤーサンのボーイフレンドがいるんだからねって」

「なんの話やねん」

「あのな、兄弟。金曜の夜に知り合って、ちょっと遊んだ仲なんだよ」

純平が説明すると、信也は「あんた、ほんまに歌舞伎町のスターやな」と呆れた。

「あんたも鉄砲玉?」と理沙。

「ちゃうわい」

「なんだ。掲示板に書き込もうと思ったのに」

「ほんま、何の話やねん」

「そうだ。掲示板だ。おまえらおれをネタに何盛り上がってやがんだ」

純平が文句を言った。この間にもスレッドとやらでは、自分が語られているのだ。

「まあいいじゃん。とにかく行こうよ。すぐそこのパンゲアってクラブでシークレット・パーティーやってるの」

「何のパーティーや。おれ、クラブなんてとこ、入ったことないで」と信也。

「平気、平気。ただの箱。シークレットって言っても、要するに通りすがりの客は入れないってことだけだから」

「あんたも行くんか」信也が純平に聞いた。

「ああ、そうだな。ほかにやることねえし」純平は肩をすくめて苦笑した。

「じゃあ決まり。ところで純平、何着てるの？」

加奈が聞くので、ありのままを答えると、一瞬返答に詰まったのち、「ふうん」と口をすぼめ、何度か純平の胸を叩いた。

四人で歩き出した。人通りが少ないせいか、路地を抜ける風がやけに乾いていて、肌に心地よかった。

「あら純ちゃん、元気？」見送りに出ていたホステスから声がかかる。「おう、元気さ」純平が答える。

「純ちゃん、久し振り」ほかのホステスからも声が飛ぶ。「おう、久し振り」顎を突き出して返事する。

「純ちゃん、純ちゃん。ちょっと頼みごとがあるの。明日店に来てくれない」ママさんからは腕をつかまれた。「わかった。行くよ」仕方がないのでそう答えた。

「おう、純平君」「ハーイ、ジュンペイ」「純ちゃん、こんばんは」

日曜の夜だというのに、いつにも増して道で声をかけられた。明日からも普通の日常が待っているような錯覚に囚われる。

「純平って、ほんとに顔が広いんだね」加奈が顔を上気させて言った。

「すごい。かっこいい」理沙も尊敬の目を向けた。

信也は黙って肩を組んできた。

これは神様の慰めなのかと、純平は皮肉に思った。この週末、自分の周りは人だらけだ。こんなに人にかまわれ、あてにされたのは初めてだ。ネットでも語られている。これまではずっと一人だった。不良仲間はたくさんいても、甘えられる友人はいなかった。常に虚勢を張り、馬鹿にされることを恐れていた。

どうして神様は、人間の生い立ちに差をつけるのか。今の自分を生い立ちのせいにするつもりはないが、もう少し愛されて育っていれば、極道にはならなかっただろう。最後の最後でこんなに温かい気持ちになると、正直未練が湧く。案外世界はいいところかもしれないと、考え直したくなる。

「よお、純平ちゃん。女の子連れかい。若い人はいいねえ」サンドウィッチマンが言う。

「純ちゃん。お休みなの？　だったらお店に来てよ」ホステスが言う。

まるでパレードだった。歩を進めるごとに、行く手に人が現れる。

加奈に先導されて到着したクラブは、コマ劇場のすぐ裏手の、薄汚れた雑居ビルの地下にあった。以前はライヴハウスだった場所らしい。入り口には、スキンヘッドの大柄な黒人が用心棒として立っている。脇をすり抜けようとすると、英語でなにやらまくしたてた。

「なんかチップを欲しがってるみたい」と加奈。もめるのも面倒なので純平が千円札を二枚握らせた。

階段下には、ロッカースペースがあり、そこに別の組の若いやくざがいた。いかにも場違いだ。ケツもちかもしれないので、一応挨拶を入れた。

「早田組の坂本です。本日はご苦労さんです。少しだけ遊ばせてもらいます」

向こうは驚いた顔で純平を見つめ、「おたく、こういうの、わかるの？　一応ミカジメ料をもらってるから、兄貴に言われて様子を見に来たけど、おれにはお手上げだわ」と肩をすくめた。

その横にはピンクのカーリーヘアのカツラを被った女がいて、入場料を徴収していた。

「いくらでもいいの」とおかしなことを言うので、純平が四人分として一万円を差し出した。コインロッカーに荷物を入れる。

中に入ると、真っ先にベースの重低音が鼓膜を震わせ、続いてマリファナの匂いが鼻を襲った。薄暗い室内は、赤いライトがいくつか灯っているだけで、写真の現像室を連想させた。金曜日に入ったクラブとは種類がちがう気がした。ダンスフロアでは若い男女が気だるく体を揺らせていて、周囲に配されたソファでは、思い思いの恰好で、怪しく身を寄せ合っている。客層は普段、新宿界隈では見かけないサイケデリックな衣装に身を包んだ連中だった。純平とははなから文化圏がちがう感じだ。見回りのやくざが困惑するはずである。

音楽は種類がわからなかった。曲といえるのかどうかもわからない。心臓の鼓動のようなリズムがドンドンと刻まれ、そこへ電子音が動脈のように絡まる。自分が母親の胎内にいるような感覚をおぼえた。

信也は呆気にとられていたが、理沙にエスコートされ、見よう見まねで体を揺すり始めた。純平は加奈に引っ張られ、壁際のカウンターで怪しげなカクテルを飲んだ。

「ねえ、マリファナもらおうか」加奈が言う。「トイレに行くと誰か分けてくれるよ」

「おれは、これ持ってんだ」

純平はポケットからビニール袋を取り出し、振って見せた。

「うっそー。それってコカイン？」加奈が目を輝かせる。

「ああ。さっき知り合いにもらったんだ」

「すごーい。じゃあやろうよ」加奈はカウンターの中の男を手招きし、「ねえ、Cセット貸して」と大声を発した。

Cセットと言って出てきたのは、プラスチックの黒い下敷きと定規とストローだ。冗談のような成り行きに純平はおかしくなった。

加奈に顎をしゃくられ、あとをついていく。フロアを出ると、薄暗い廊下にも人があふれていた。全員クスリをやっているように見えた。一番奥のベンチに腰を下ろす。囲碁でも差すかのように二人で向き合い、真ん中に下敷きを置いた。「ねえ、ここにあけて」と加奈が言い、純平は袋を破って白い粉をそこに出した。

加奈は定規を手にし、器用に二等分した。ストローを差し出し、先に吸うよう促す。

純平はかつて一度だけ吸引したときのことを思い出し、ストローを鼻の穴に差し込み、もうひとつの穴を指で押さえてふさぎ、一気に吸い込んだ。喉の奥をパウダー状のコカインがすり抜けていく。首の辺りまではとおっていく感触があるが、あとはどこへ消えていくのかわからない。

「じゃあ、わたしも」

加奈が同じように吸った。ふと視線に気づき、振り返ると、知らない男が床に跪《ひざまず》き、のぞき込んでいた。

「ねえ、エルはいらない？」一回聞いてオカマとわかる声で言う。

「くれるの？」と加奈。

「一錠五千円」

「高い」

「何だ、エルって」純平が聞いた。

「ＬＳＤのこと」

「いいぞ、買ってやるぞ」

どうせもう使い道のない金なので、五万円分買った。それはパラフィン紙に一粒一粒包まれた、薬局で手に入るような感じの錠剤だった。

「ねえ純平君、正気？」加奈が呆れて言う。

その様子を見ていた男女が近くに寄ってきた。みんな友好的な笑みを浮かべている。顔が「くれ」と言っていた。

「ほら、出血サービスだ」

警察に逮捕されたとき、麻薬所持の罪状が加わるのも業腹《ごうはら》なので、気前よく分け与えた。

純平は初めて試す錠剤を手のひらに載せた。「ねえ、はじめは半分にしたほうがいいよ」と加奈が言うので、半分に割って口に放り込む。近くにあった誰かのビールで流し込んだ。

「ねえ、純平。ところで鉄砲玉、やめる気ない？」加奈が聞いた。

「ふざけるな。今さら引けるか。おれにだって意地はあるんだ」

「後悔すると思うんだけど」

「しねえよ。逃げ出すほうが後悔する。この世界はな、一度逃げたら終わりなんだよ」

「ふうん。そういうものかなあ……」

加奈は口をすぼめ、天井を見上げた。

何人かで廊下をふさぎ、車座になった。奥のトイレへ行く人間はまたいで行く羽目になるのだが、誰も文句は言わず、むしろ愉快そうだ。見知らぬ者同士が、恋人や兄弟のように振舞っている。赤い髪の女が一人よろけ、純平の上に倒れた。そのまま膝に乗り、腕を首に回してきた。

「君、かっこいいね。何してる人？」と女。

「やくざだよ」純平が答える。

「ふうん。そうなんだ」驚きもせず言い、キスしてきた。舌も入れてきた。

加奈が気分を害するかと思ったら、隣のモデル風の男にしなだれかかり、恍惚の表情を作っていた。ほかの男女も通路を占拠して抱き合っている。

純平の体の中で、先にコカインの反応が現れた。一種の爽快感だ。しなびたサラダが冷水に浸かり、一瞬にしてシャキッとするような、そんな感覚だ。神経が研ぎ澄まされ、産毛がそそり立った。この状態が続かないかと思った。今なら拳銃を構えても、脈ひとつ乱さず実行に移せそうだ。

どこからともなく、マリファナが回ってきた。一口吸って隣に回す。今の自分はドラッグの実験場だ。突如としておかしくなり、笑いだした。膝の上の女も笑っている。

「兄弟。こんなとこで何しとんねん」信也と理沙が現れた。純平は何か言おうとして、口をパクパク動かすのだが、言葉が四方に散って、文章にならなかった。

「やるか。おまえも。あげるよ。エルだってさ」そんなことを言っている。

加奈が信也にクスリを渡した。理沙と二人で分けて飲み込んだ。そのままどこかへ消える。しばらく笑っていたら、体の奥底から、何か新しいマグマのような塊が出現し、すべての知覚が鋭くとがった。手で頬を触ると、毛穴の存在までもがはっきりとわかるのだ。試しに女の髪を撫でたら、一本一本の感触がてのひらに伝わった。これがＬＳＤのトリップなのだろうか。

純平は目を閉じた。

《＃３１５　カナです。今、純平とクラブにいます。最後の夜を楽しんでます。彼は防刃チョッキというものを着ています。あと数時間で、決行のときを迎えます。やめたほうがいいと言ったのですが、決心は固いようです。無責任な女だと思われるかもしれないけれど、わたしが男なら、純平と同じ事をするかもしれません。わたしの仕事はインチキ通販会社の電話番で、派遣で、やりがいなんてひとつもありません。女だから、結婚すれば仕事から逃げられるから、呑気でいるだけです。男って、どんな世界でも認められなきゃなんないでしょ。純平の住む世界はとくにそういうのが厳しいのです。一度逃げたら終わりだ。純平はそう言ってました。わたしは、彼が無事でいるよう祈るだけです。byカナ》
《#316　ちょっと待てよ。カナって女、マジでおかしくね？　by名無し》
《#317　おれもそう思う。被害者のことを少しも考えずにヒロイックな気分になって。典型的なジコチュー女でしょう。by名無し》
《#318　それよりクラブってどこのクラブよ。場所知りてー。by野次馬》
《#319　カナさんの言うこと、少しはわかります。今の世の中、真面目でおとなしい人間は踏みつけられるだけです。やくざ同士の抗争なんだし、わたしはアリかなって、思ったりもします。byわたしも派遣》
《#320　カナさんへ。わたしは今、歌舞伎町のマックにいます。純平君と会って話がしたいので、クラブの場所を教えてください。by海人ガール》
《#321　マジで歌舞伎町にいるの？　みんなドン引きしてね？　by名無し》
《#322　わたしもドン引き。やくざ相手に青春ごっこしないで欲しい。by名無し》
《#323　もう傍観者は黙ってろよ。自分も今、歌舞伎町に着きました。マック探して行ってみます。自分の服装は紺の長袖Tシャツに、オレンジのニット帽です。捜索隊に志

願する人、声かけてください。byヒロ坊》
《#324　そういうことなら、おれも行こうかな。家は阿佐ヶ谷だし。by三流私学生》
《#325　日曜日の夜にご苦労さん。みんな暇なんだね。by南国ボーイ》
《#326　→いい加減、引っ込んでください。by名無し》
《#327　オッス純平殿。元極道です。ちゃんと読んでくれてますか？　みんな心配してます。試し撃ちとか、わざと弾を外せとか、いろいろ書き込みましたが、自分が本当に願うのは、純平殿が足を洗うことです。やくざにはやっぱり未来がありません。byトラック野郎一番星》
《#328　カナです。純平は痩せていて、髪はオールバックで、スカジャンにジーンズにブーツ姿です。わたしラリッてます。もうダメ。さようなら。byカナ》

赤い髪の女に頬を張られた。目を開ける。視力が上がったようにくっきり見えた。腕を引っ張られ、純平は立ち上がった。そのままダンスフロアに戻る。扉を開けた途端、すべての音が粒立って体にぶつかってきた。無数のゴム鞠が飛び交う中に身を置いている、そんな感じだ。そして遠近の感覚がゆがんだ。目の前の女が近づいたり遠のいたりする。さらには残像が長引き、視界全体が揺れて波のようにうねっている。

色彩が鮮烈だった。暗室程度だったはずの赤い照明が、朝日のようにまぶしく輝き、踊る男女の衣装は万華鏡のようにカラフルだ。宙を幾何学《きかがく》模様が舞っていた。それが何か重大な意味を持つものに見え、純平は手を伸ばしてそれらを集めようとした。

えもいわれぬ幸福感が、泉が湧き出るように体の中を満たしていった。天国というものがあるのなら、こういう場所かもしれないと思った。不安な気持ちが微塵《みじん》もないのだ。

カウンターの中でダボシャツ姿の信也がとうもろこしを焼いていた。うれしそうに白い歯を見せ、「兄弟、あんたに食べさしたるわ」と言った。加奈と理沙がほかの客に分け与えている。いつの間にかフロアは縁日になっていて、壁際には屋台が並んでいる。音楽が祭囃子になった。

小さい男の子がいて、おかあさんに手を引かれていた。子供の頃の自分だった。驚いて視線を移すと、手を引くのは若い頃の母親だった。前髪を立て、濃い化粧をして、体の線を強調したワンピースを着ていた。バブルの頃流行ったディスコ・ファッションだ。純平は、いつも母親のきつい香水と派手な恰好が嫌いだった。保育園の送り迎えのとき、ほかのおかあさんとちがって、自分の母だけは周囲から浮いていた。人前でたばこを吸うのもいやだった。酒焼けした声で、いつも不機嫌そうに毒づいていた。

その嫌悪の感情が、今はなかった。母という人間がわかったからだ。赦《ゆる》しでもなく、寛容でもなく、あえて言うなら諦めだ。純平は大人になり、諦めることを知った。自分の人生に期待しないことにした。

柱にもたれてたばこを吸っている男がいた。人懐こい目で純平を見ている。「大きくなったなあ」と言った。父だとわかった。父の記憶はほとんどないが、なぜか確信できた。気障なシルクシャツの襟から刺青の鯉がのぞいていた。母は何も話さなかったが、父はどうやらやくざ者らしい。

「おれはね、もうすぐ人を殺すんだ。それで男になって、もう一度歌舞伎町に戻ってくるんだ」

声になったかも怪しいが、純平はそう言い、父親と握手した。

その先には、祖父と祖母がいた。こっちも馴染みはないが、なんとなくわかった。二人で純平の顔を触り、「立派になって」と微笑んでいる。気づくと、従兄弟《いとこ》たちに囲まれていた。みんな笑っている。「純平ちゃん」「純平君」声をかけてきた。親戚がこんなにいるとは驚いた。血のつながりなど、これまで考えたこともなかった。純ちゃん。純ちゃん。そのコールにあわせて、縁日の客が踊りだす。

次の瞬間、視界にフラッシュが焚《た》かれた。猛然と景色が回り始め、轟音《ごうおん》と共に速度を増した。さっきの女がやってきて、純平の手を引いて、ソファへと連れて行った。そこで重なり合う。まるでジェットコースターに乗っているような、体の浮き沈みを感じた。脳味噌が頭蓋骨の中で右に左に揺れている。危険を覚えて女にしがみついた。向こうも必死に抱きついてくる。

フラッシュの瞬きがさらに激しくなった。バンバンと視界が真っ白に飛ぶ。それ以外のときは、万華鏡の攪拌機《かくはんき》にでも放り込まれたかのように、色彩が早送りのメリーゴーラウンドのように回っている。

そこへ聖母マリア像が現れた。荘厳な聖歌が流れる中、タワーのように聳《そび》え立っている。子供の頃、短期間だけ教会が運営する養護施設に入れられたことがあった。年寄りの神父に、男児たちは性器をいじられた。そのときのことを思い出した。怖くて声が出なかった。あの神父はもう死んだのだろうか。生きていたら殺しに行かねばならない。

舞台が反転するように、今度は教室になった。中学のときの担任教師が立っている。「体育の授業中、××君の財布がなくなりました。誰か心当たりのある者は申し出てください」温度のない顔で言った。クラスメートが振り返って純平を見る。「おれじゃねえよ！　おれじゃねえよ！　てめえら、なんでもおれのせいにしやがって。おれじゃねえよ！」純平はあらん限りの声で叫んだ。全身の血が沸騰して、皮膚が脈打つ。さっきまでの幸福感が吹き飛び、視界全体が濁《にご》った。

何かがぐるりと回って、今度は橋の下にいた。すぐに思い出した。東松山の暴走族時代、小さな行き違いから、河原でリンチに遭った。仲のよかった仲間が、先輩の命令で、純平に石を投げつけた。「やめろ！　やめてくれ！　仲間じゃねえか」純平の叫び声はバイクのエンジン音にかき消され、先輩たちの笑う顔が渦巻いている。

そうやって純平は記憶の再体験を繰り返した。次から次へと、かかわりのあった人間が現れ、喜怒哀楽のスイッチを乱暴に押していった。

感情がどんどんふくらむ。はじける。またふくらむ。はじける。

落ちていく。浮かぶ。落ちていく、浮かぶ。

めまぐるしくフラッシュバックする脳内スクリーンに向かって、純平は叫ぶ、叫ぶ。

おまえら、聞きやがれ。おれ様をこの世界から消そうとしても、そうはいかない。おれは、果てしない苦しみに悩み悶《もだ》えているときでも、懸命に念じ、苦を退散させる。あるいは意地の悪いジョーカーに、行く手を阻まれ、あるいは獰猛《どうもう》な獣に、傷つけられても、意志ある限り、おれは呼吸をし続け、前進する。太陽がどれほどまぶしくても、雲がどれだけ厚くとも、海がどれほど荒れようとも、大地がどれだけ揺れようとも、おれの心臓は脈打ち続け、赤い血は巡る。賊に囲まれたときは、頭を低くして突進し、裏切りに遭ったときは、刃物を手に切りかかる。神はいない。仏もいない。いるのは、氷壁のように立ちはだかる、無情な番人のみだ。おれの唄う歌に、愛はない。慈しみも、憐れみも、赦しも、ない。あるのは、砂漠のように乾いた、あるいは月明かりのない夜のように容赦ない、運命だけだ。運命。運命。運命。おれのことは思い出さなくていい。ただ、今夜だけは見ていてくれ。触れ。感じろ。諍《いさか》い。憎しみ。怖れ。無意味な戦い。一億分の一。虫けらの命。だけど生きている。うおーっ。光に向かって叫ぶ。うおーっ。

気がついたら、バイクを押して歌舞伎町を歩いていた。人通りはほとんどない。ネオンもあらかた消え、乾いた風が路地を吹き抜け、野良猫がゴミ箱をあさっている。

純平ははたと我に返った。バイクを止めて、腕時計を見る。午前三時過ぎだった。現状を把握したくて、しばし考え込んだ。いったい自分は何をしていたのか――。加奈にクラブへ連れて行かれたのが、午後九時で、すぐにコカインを吸入し、ＬＳＤを服用し、マリファナを吸って……。およそ六時間、正体を失っていたことになる。

周りを見た。加奈も理沙も信也もいない。どこで別れたのか。あるいはクラブではぐれたのか。そして体を回したところで、背中にリュックを背負っていることに気づき、あわてて下ろして中を見た。拳銃は――。入っていた。大きく息を吐き、冷や汗を拭《ぬぐ》った。スカジャンの下には防刃チョッキを着ていて、ほかも変わりはない。

危ないところだった。初めてのことだったので、加減がわからず、過剰に摂取してしまったらしい。もしあと二時間、飛び続けていたら、自分は鉄砲玉を果たせず、親分と兄貴に大恥をかかせることになった。

体に異常はなかった。足取りもちゃんとしていて、ふらつくようなことはない。それどころか力がみなぎっていて、五感は硬くとがっている。怖気づいてもいない。体のどこかに麻薬で得た幸福感が染み付いた汁のように残っていて、内側から自分を励ましてくれた。純平は落ち着いてやれると確信した。黙って近づき、声をかけ、正面から拳銃を発射する——。頭の中に一連の行動がイメージできる。

明治通り沿いにバイクを停めた。現場から百メートルぐらいだ。追っ手があることを想定して、これくらい走って追っ手を引き離すのが得策だと判断した。

早足でコインランドリーに向かう。月曜未明のこの時間に利用客はいないだろうと思った。オカマのゴローも、どこかで寝ているにちがいない。

アスファルトを踏みしめながら、路地を歩いた。道端では、目を光らせた猫が何匹も純平を見ていた。

コインランドリーの手前まで来ると、店内からやけに明るい光が放たれていた。目の錯覚か。そこだけまるで昼のような明るさだ。前まで行ってのぞき、純平は目を疑った。中に数十人の客がいるのだ。どうしたことか。何があったのか。一番前に信也と加奈と理沙がいた。

「よお。一人で行かんといて」信也が戸を開けて言った。

「ねえ、いよいよだね」加奈が微笑んで言う。

「おまえら、なんでここがわかったんだ」純平が呆気にとられて聞いた。

「まあな、いろいろや」

「先回りしたのか」

「そうや。一人にはさせへんで」

純平はとりあえず中に入った。まぶしくて目がくらんだ。壁も床も天井も、すべてが真っ白で、まるでそれ自体が美術品のようだ。そこにいる人々はキューブ型の白いハコに腰掛けていた。一番手前は西尾のジイサンだ。憂いを含んだ目で純平を見つめている。

「あれ、帰ったんじゃねえの」

「君のことが心配で見に来た。運よく急所を外すように願ってる」

「ふざけるな。おれは外さねえぞ」

「まあいい。とにかく願ってる」

そのすぐ横には、早田組の安藤がいた。

「純平、さっきは悪かったな。気にしないでくれ。おれ、おまえがうらやましかったんだ」

申し訳なさそうに、片手拝みをして言う。なんで、おまえがここに。目を丸くしていると、うしろから組の兄貴衆が出てきて「坂本、たのむぞ」と口々に言い、純平の肩をたたいた。いったいこれは――。困惑する中、親分まで出てきた。「坂本、あとの心配は何もしなくていいからな」やさしく目を細める。純平は恐縮して、背筋を伸ばした。

組の最後は北島がゆっくりと歩み出た。「純平。悪い兄貴を赦してくれ。おまえのことは、本当に弟のように思ってんだ」真面目な顔で言う。

「いえ。おれこそ、兄貴のことは、本当の兄だと思ってます」

「そう言ってくれると、おれも救われる。おまえが出てくるまでに立派な一家を構えて、代貸で迎えてやるからな」

「ありがとうございます」純平は涙が出てきた。

「純平さん」別の声に顔を向けると、東松山の暴走族の後輩たちがいた。「おれら、純平さんに負けないように、これからも気合入れて行きますから」

「おう。そうか」

「拳銃、また派手にぶっ放してくださいね」

「わかった」

昨日会ったばかりの母が、おずおずと前に出てきた。「純平。ごめんね、何にもしてやれないだめなおかあさんで」暗い表情で、ため息をついた。

「そんなことはねえよ」

「ううん。だめなおかあさんなの」

母は純平の手を握り、二度三度と揺すった。

純平の中でまたしあわせな気持ちがふくらんだ。それは赤ん坊のように、すべてが守られている安定感だ。

「おい、坂本。おめえ親孝行だけはしろよ。何をしようとしてるのか知らねえが、親だけは泣かせちゃいけねえ」

ダミ声を発したのは新宿署の山田だった。このオッサンまで――。

「純ちゃん。いろいろありがとうね。みんな、感謝してる」

その声はキャサリンだった。うしろにはダンサーたちが並んでいる。カオリはいなかった。そう都合よくはいかないか――。

みんなに囲まれた。純平。純ちゃん。純平君。声が耳の周囲で回転する。だんだんエコーがかかってきた。壁の白がまぶしすぎて、みんなの顔が見えにくくなった。水に溶けるように、姿が消えていく。

いきなり暗くなった。真っ白だった壁が青白く濁る。切れかかった蛍光灯の瞬きが、不気味に室内を照らす。純平は眩暈がしてベンチにへたり込んだ。

「純平君」声がする。今度はやけにリアルだ。誰かに肩をたたかれた。見上げるとゴローだった。コインランドリーの中はゴローと自分だけだ。

「どうしたの？　何か、楽しそうだったけど」ゴローが聞いた。

「そうか？　楽しそうだったか？」

「うん。笑ってた」

「そうか。笑ってたか」

足元に目を落とすとゴキブリが歩いていた。羽根が黒光りしている。足でよけようとすると、急に速度を速め、洗濯機の下に潜っていった。

「ゴロー、今日は客は取れたのか」

「ううん。取れなかった」

「そうか。そういう日もあるさ」

腕時計を見た。そろそろ上の賭場《とば》がお開きになる時間だ。

携帯電話を処分しなければならないことを思い出し、ポケットから取り出した。最後なのでネットに接続して、自分のことが討論されている掲示板を見る。また増えていた。

《#433　そろそろタイムリミット。純平君は覚悟を決めたのかな。新聞、楽しみにしてるよ。君の正体を知りたいもんだ。裁判も傍聴に行くよ。by名無し》

《#434　歌舞伎町って結構広いわ。闇雲《やみくも》に歩いても、見つかるわけがない。疲れました。もうお開きにします。byヒロ坊》

《#435　馬鹿みたいに歩き回りました。結局、五人集まりました。みんないい人たちでした。でも見つからない。くやしいなあ。自分の無力を感じています。by海人ガール》

《#436　純平君、まだ間に合う。引き返せ。人なんか殺すもんじゃない。向こうも痛いと思うよ。by賢人》

《#437　純平君、わたしも二十一歳。無事を祈ってます。byハナコ》

《#438　純平、最後の願いだ。考え直せ。by名無し》

《#439　みんなもう寝ろよ。おかしいよ、こんな時間まで。by名無し》

《#440　おめえもおかしい。by南国ボーイ》

ふん。鼻を鳴らして携帯を二つに折った。ゴミ箱に投げ入れた。

そこへリンカーンの野太いエンジン音が聞こえた。すぐ前で停車する。若い衆が助手席から降り、ビルに入っていった。運転手は外に出てたばこに火をつけた。

純平はリュックから拳銃を取り出した。安全装置を外し、スカジャンの懐に入れる。

「純平君……」ゴローが絶句した。

「あばよ」声を出したら喉がかすれた。

立ち上がる。ビルから人が出てきた。運転手が「ご苦労さんです」と腰を折る。ターゲットが現れた。生え際で確認した。間違いない。

コインランドリーの扉を開けた。人影にやくざたちが一瞥《いちべつ》をよこす。

「うおーっ！」純平は大声で叫んだ。静まり返った深夜の路地にこだまする。

地面を蹴る。銃を構えた。男たちが咄嗟に身をかわそうとする。

純平は引鉄《ひきがね》を引いた。

《#456　もう朝ですね。純平君のことが気になって眠れません。彼の名前が新聞に出たら、同世代としてわたしは少し責任を感じます。byガールA》

《#457　どうして責任感じるの？　わけわかんね。by名無し》

《#458　みんな暇つぶしできたんだからいいんじゃないの。by交渉人》

《＃４５９　こんな時間にコメントを書き込んでいるくらいだから、ぼくは無職の半分引きこもりです。純平君がどうなったか知りませんが、多くの人が真剣に心配したことに、ちょっと感動しました。傍目には面白がって無責任なことを言い合っているように見えますが、赤の他人なら、普通は無関心です。悪口でも、熱く語るということは、みんな、誰かとかかわりを持ちたいのだと思いました。こういうのって、なんだかよくないですか？東京に近ければ、ぼくも歌舞伎町に駆けつけたかった。純平君、ご無事で。by名無し》
《＃４６０　あー眠い。おれ寝るわ。by南国ボーイ》

初出「小説宝石」二〇〇九年九月号〜二〇一〇年八月号

二〇一一年一月　光文社刊

光文社文庫

純平《じゅんぺい》、考《かんが》え直《なお》せ

著者　奥《おく》田《だ》英《ひで》朗《お》

2013年12月20日　初版1刷発行

発行者　駒井　稔
印刷　萩原印刷
製本　ナショナル製本

発行所　株式会社　光文社
〒112-8011　東京都文京区音羽1-16-6
電話　(03)5395-8149　編集部
8113　書籍販売部
8125　業務部

落丁本・乱丁本は業務部にご連絡くだされば、お取替えいたします。
ISBN978-4-334-76662-7　Printed in Japan

組版　萩原印刷

お願い　光文社文庫をお読みになって、いかがでございましたか。「読後の感想」を編集部あてに、ぜひお送りください。
このほか光文社文庫では、どんな本をお読みになりましたか。これから、どういう本をご希望ですか。どの本も、誤植がないようつとめていますが、もしお気づきの点がございましたら、お教えください。ご職業、ご年齢などもお書きそえいただければ幸いです。当社の規定により本来の目的以外に使用せず、大切に扱わせていただきます。

光文社文庫編集部